COLLECTION FOLIO

Jérôme Garcin

Théâtre intime

Postface inédite de l'auteur

Gallimard

Jérôme Garcin est né à Paris le 4 octobre 1956. Après avoir dirigé les services culturels de *L'Événement du jeudi* et de *L'Express*, il est depuis 1996 le directeur adjoint de la rédaction du *Nouvel Observateur*, chargé des pages culturelles. Il est également producteur et animateur de l'émission *Le Masque et la Plume* sur France Inter et chroniqueur littéraire à *La Provence*. Son roman *C'était tous les jours tempête*, paru en 2001 aux Éditions Gallimard, a reçu le prix Maurice Genevoix.

Pour Jeanne,
notre Alouette.

J'ai tant vu le soleil !

STENDHAL, à di Fiore
1er novembre 1834.

Anne-Marie, sa résolution et sa rigueur, et sa désinvolture, et sa manière nette et droite d'exercer son métier...

PAULINE RÉAGE,
Une fille amoureuse.

Je n'aurais pas su aimer sans admirer. C'eût été ressembler au décapité qui bande encore. Je me méfie du désir, s'il n'est qu'une manière avantageuse de se préférer, une manière élégante de se détester. Je me méfie peut-être, simplement, de moi.

La vie n'offre pas tant d'occasions de se hisser. Le plus souvent, elle s'incline avec le jour, et se contente de peu. C'est une administrée qui trottine naturellement vers le confort, la sécurité, la prévoyance, la médisance, l'hygiène, le solde de tout compte et la sieste éveillée. Pour trouver des héros, il faut ouvrir les livres. Pour croire aux grands sentiments, il faut écouter de la musique. Pour oublier qu'on vieillit et rattraper l'enfance qu'on a perdue, il faut monter à cheval. De préférence seul, et dans des forêts profondes.

Une femme, il y a vingt-cinq ans, m'a donné l'illusion que la vie était à la fois un roman, une sonate et un galop à la hauteur des arbres. Elle a réussi la prouesse de me faire croire que j'étais meilleur, plus intrépide, moins inquiet que je ne suis. Elle m'a détourné du chemin en pente douce qui conduit au fatalisme, aux abdications, à l'ennui de soi, à l'assurance notariale et à la rumination des pensées noires où mes morts, en dérivant, m'égaraient. Elle avait la grâce insolente, le sans-gêne et l'abattage d'une entraîneuse. Le piquant d'une fille bien née qui s'encanaille.

Elle tenait son pouvoir des sentiments brûlants qu'elle m'inspirait mais également de l'autorité que je lui trouvais dans l'exercice de son métier — lequel n'est pas vraiment un métier, plutôt une seconde vie accordée dans un monde parallèle à celles et ceux qui ne se contentent pas d'avoir un seul visage, un seul destin. L'empire de la comédienne, dont j'étais l'humble sujet, m'interdisait d'imaginer que je pusse, d'une quelconque manière, régner sur la femme. Cela ajoutait, évidemment, à mon excitation. Ce qu'elle me donnait dans l'intimité, aussitôt sur scène elle le reprenait. Je découvrais en effet l'une des propriétés de cet art paradoxal qui est de métamorphoser, contre toutes les lois de la nature, une femme aimée en inconnue qu'on applaudit, un corps désirable en personnage impénétrable. À l'instant où je pensais la posséder, elle me possédait. Rien, jamais, n'était gagné. Tout, chaque jour, était à recommencer. En silence, Don Juan roulait le rocher de Sisyphe. C'était épuisant, passionnant et merveilleux.

Étant entendu non seulement que le désir s'émousse et que l'émerveillement décroît, mais aussi que l'es-

sence de l'actrice est de mépriser la monogamie, l'aventure, à en croire certains, n'était guère destinée à durer. Même les beaux livres ont une fin. Or, si elle a bien voulu me supporter, je n'ai pas cessé d'aimer cette femme et de l'admirer.

Par son imprévisibilité quotidienne, elle enrayait la mécanique du temps. Par ses excès, elle brisait tous les efforts que déploie la routine pour imposer sa loi hypnotique et domestique. Par son refus de se reposer et son souci de tout modeler, elle épuisait les jours, les amis, les fleurs, les maisons, les saisons. Par son caractère d'airain, son incapacité à céder aux complaisances et à la vanité, son indifférence aux signes ordinaires de la réussite, elle massacrait les convenances sociales, boudait les bons sentiments et se faisait du tort. Par son culot, elle paniquait les craintifs et les timides. Par ses combats perpétuels contre l'ingratitude de sa profession, par son refus de capituler, son besoin d'utiliser ailleurs une énergie sans emploi et une foi sans Église, elle faisait de chaque matin un défi, une promesse de victoire. En se bousculant sans cesse, elle me bousculait. En se réinventant, elle nous réinventait.

Je l'ai vue partir quelques semaines pour le Japon, dont elle ne savait rien, et en revenir comme si elle y était née, n'ignorant plus rien de la langue, des mœurs et du shintoïsme. Et je n'oublierai pas, un jour de 1989, le coup de téléphone de Lina Wertmuller : elle s'apprêtait à tourner Samedi, dimanche, lundi, *d'après une pièce d'Eduardo de Filippo, et demanda à Anne-Marie si elle parlait couramment l'italien. Oui, répondit celle qui n'était même pas allée en Italie. Elle fut aussitôt engagée. Pendant trois semaines, chaque jour, elle s'initia avec un répétiteur à la langue de Dante, et puis débarqua à Cinecittà pour sa première scène, avec Sophia Loren. L'italien semblait alors à Anne-Marie si naturel que, à son accent, Lina Wertmuller la crut romaine. Il est vrai que, pour son métier, elle eût tout accepté, y compris les plus grands risques physiques. Il fut même un temps où elle refusait de quitter la France, considérant que seul un rôle justifiait qu'elle voyageât. Elle poussait le paradoxe jusqu'à soutenir qu'un plateau de tournage, fût-il fermé, est le meilleur endroit pour visiter un pays et s'imprégner d'une culture étrangère. Elle ne s'autorisait pas de loisirs, elle se méfiait des divertissements, s'ils ne mènent à rien, elle pensait que la vie professionnelle induit la vie privée. Le temps s'est chargé de lui faire perdre cette exigence, ou ces illusions. Elle n'a plus besoin de script pour se promener dans Venise.*

Pour un homme, surtout s'il n'y est pas préparé, vivre avec une comédienne, c'est assister à une manière de théâtre intime, magnifique et terrifiant, dont le destin est l'auteur parfois généreux, le plus souvent négligent. Angoissée quand elle joue, malheureuse quand elle ne joue pas, donnant tout d'elle-même à un art qui ne dure que dans la mémoire des spectateurs d'un soir, capable avec la même véhémence de se surpasser comme de se dévaluer, alliage précieux, inédit, de bravoure et d'égoïsme, de générosité et de paranoïa, elle établit son ordre, auquel son compagnon se soumet. Admis parfois en coulisses, il demeure un spectateur à qui ce grand mystère est refusé. Car il n'y a pas de mots pour décrire la vertigineuse entrée en scène ; pour traduire ce qui se passe vraiment quand le rideau est tombé, quand l'actrice est toujours un grand rôle et pas encore un banal prénom ; ou pour raconter ce qu'il advient lorsque, soudain, le téléphone ne sonne plus. L'attente est un supplice, le rêve s'envole, les promesses ne sont pas tenues, et l'éternelle Ondine, qu'une jeunesse aux yeux bleus incarnera, se voit soudain proposer d'être Bertha.

J'ai connu le bonheur d'applaudir en contre-plongée, dans l'obscurité où je me cachais, celle que j'aime et l'ivresse d'éprouver cette fierté à côté de quoi les petites réussites laïques sont dérisoires — cette fierté si pure, si légitime, qu'elle me paraissait être un dû.

J'ai connu l'injustice dont elle était victime, l'assourdissant silence où elle étouffait, et cette solitude contre laquelle, même en la serrant dans mes bras, je ne pouvais rien. J'ai connu ce que personne ne voit, les larmes derrière le sourire, les cris derrière la parole, le désespoir derrière l'exultation, l'envie d'en finir derrière la force d'abattre les murailles.

J'ai connu la fille qui, pour exister, se battait en vain contre le fantôme d'un père dont elle avait l'inépuisable nostalgie et la fille devenue mère qui, sacrifiant son métier, ou plutôt jugeant qu'il ne méritait plus qu'on lui sacrifiât sa vie, exigeait de nos trois enfants qu'ils fussent exemplaires.

J'ai connu la jalousie, la colère, l'exaspération, mais je n'ai jamais connu la morosité, les sentiments moyens, la mesquinerie, le regret, la déception.

Alors, voilà : les exercices d'admiration sont comme les déclarations d'amour, il faut les faire quand la vie palpite encore, quand la chair est tiède, quand la gratitude se lit dans les yeux ouverts, sur les lèvres tendues.

Je me souviens de ce jeune homme téméraire qui était monté un jour au sommet d'une tour parisienne pour déployer une banderole sur laquelle était peint en rouge vif le prénom de son élue. Sur mon calicot à moi seraient écrits, claquant dans le vent, tous les doubles d'Anne-Marie, Violaine, Jeanne d'Arc, la princesse Alarica, Lioudmila, Mlle de Saint-Euverte, la comtesse Potocka, d'autres encore, dont les costumes effrangés dorment aujourd'hui sur des cintres. Je voudrais raconter ici comment, marche après marche, et malgré le vertige, et alors que rien ne me prédisposait à l'escalade, je suis parvenu enfin à l'altitude d'où l'on peut voir, en pleine lumière, le visage de celle à qui je dois de trouver la terre si belle et le ciel si proche.

Rue de l'Étang-Broda

J'avais quatorze ou quinze ans et la chambre que je préférais était celle « du cocher », au fond du jardin et au-dessus des écuries d'où les chevaux de trait avaient depuis longtemps disparu mais dont les vastes stalles encore paillées, les râteliers à foin, les abreuvoirs en pierre de taille et les bat-flanc ornés de boules en cuivre brillant dans la semi-obscurité, maintenaient l'illusion d'une présence animale, d'une puissance colossale, d'une chaleur ancestrale.

La nuit, je sentais vibrer sous mon lit un monde répudié, s'agiter encore les beaux percherons qu'aucun effort n'avait réussi à épuiser, frémir d'énormes croupes musclées par le halage, la malle-poste et les moissons. J'aimais dormir à l'écart de la grande maison, dans ce grenier sans eau ni chauffage où couraient les rats et vers lequel montait, à travers les soliveaux et l'inégal plancher, la vieille, la cliquetante rumeur des calèches ; ma fenêtre s'ouvrait sur les frondaisons

oir dormi en voyageant, le
, les guides dans l'autre, le
ussière blanche des chemins,
un parfum acidulé de tilleul,
et.

, la cloche de l'église collégiale sonn… Je descendais au petit matin par l'escalier … bois, caressais d'un doigt nostalgique, à l'entrée des écuries, l'antédiluvien vélocipède de mon arrière-grand-père (les roues, immenses, étaient cerclées de fer, il fallait tourner les poignées en bois pour enrouler une corde qui déclenchait un très improbable frein, l'objet pesait plusieurs centaines de kilos, on prétendait que l'aïeul allait jusqu'à Montereau ou Provins avec cet instrument) et rejoignais, par une allée de gravier, la maison où dormait encore la famille.

Bray-sur-Seine, petit bourg de La Bassée assis avec nonchalance au bord du fleuve, a été mon école buissonnière. J'y ai appris très jeune à avoir, loin de la ville, une seconde vie. Mon amour de la campagne, de ses saisons méthodiques, de ses couleurs d'aquarelle, de ses odeurs puissantes, mon besoin de province, mon goût du silence, du temps décalé qui s'étire, des automnes moussus, des lectures sous les arbres, ma respiration secrète, viennent de la fréquentation de ce lieu plat et monotone à l'âge où tout prête à l'exaltation et s'offre à la mélancolie.

Bray n'était pas vraiment une jolie ville, mais il y avait là de quoi rêvasser : des ruelles pavées, une halle couverte construite en 1841, une place d'armes, des promenades circulaires ponctuées de tilleuls et de bancs verts où s'asseyaient les vieux de l'hospice placé sous la protection de la Vierge Marie, un champ de foire près de la Seine où glissaient les péniches noires, un concours de pêche, une harmonie municipale et une fierté locale : la maison à colombages dans laquelle Jeanne d'Arc, en route vers sa légende, aurait dormi. Et puis j'ai connu Bray avant que des HLM ne la ceinturent et ne fassent même de l'ombre, sur la colline, au vieux cimetière. Dans les années soixante et soixante-dix, la région ressemblait exactement à la description qu'en donnait Henri Ghéon en 1903, celle d'une « plaine de France [où rien] n'accapare le regard » : « Ici, la terre épouse à peu près sa forme parfaite. Sur sa calme surface, nulle révolte intérieure ne se trahit, d'un pli, d'un tertre, d'une valleuse. Ronde, et avec l'homme pour centre, où qu'il aille, comme l'homme théoriquement l'a pensée, à sa mesure, la voici. »

Enfant, j'allais chercher le lait encore chaud dans une ferme de Mousseaux en traversant à pied des champs de haut blé et faire provision, pour le retour, de bonbons à un centime que l'épicière disposait dans de grands bocaux en verre ; je jouais avec mes cousins dans des meules, formidables châteaux forts doublés de toboggans, cueillais des bigarreaux et des groseilles à maquereau au jardin de Lucain, et robinsonnais dans le bois du renard (il devait son nom à la découverte d'un cadavre fauve pendu à une branche) ; je me baignais dans la Seine — c'était l'époque où elle était claire et douce — ou dans des sablières creusées le long de la route qui mène à Donnemarie et pour rien au monde n'aurais manqué, au pas derrière la fanfare, une retraite aux lampions à Bazoches.

Adolescent, je marchais sur les berges plantées d'éminents et palpitants peupliers jusqu'à l'écluse de Mouy, dans les collines crayeuses de l'Yonne, et prenais mon vélo pour aller, à l'insu des miens, errer dans le cimetière où reposent, tout contre un petit muret, mon frère et mon père. Le Provinois de ma jeunesse était une terre sans relief, une vaste étendue laborieuse, et Bray, une petite ville sans pittoresque empuantie par les émanations d'une usine à betteraves, mais mon imagination leur prêtait un charme tenace et mes rêveries solitaires, des vertus capitales : les bois maigres au sol de silex devenaient des forêts où se perdre ; les grandes plaines de blé ou de maïs caressées par le vent avaient des ondulations océaniques ; et la vieille Seine qui traversait Bray conduisait à des sources miraculeuses.

La vie m'a éloigné de ce paradis de l'enfance, de cette annexe de la comtesse de Ségur, de cette dépendance du *Grand Meaulnes*, de cet ancien relais de poste dont mon arrière-grand-père avait fait, au sens propre, une demeure sénatoriale, mais je sais bien qu'une part de moi est cachée pour toujours dans ses greniers obscurs, sous sa haie de noisetiers et son noueux noyer ; que les parfums universels des feuilles mortes, de l'herbe fauchée et des cours de ferme restent attachés à cette campagne ordinaire ; que je décline à l'infini, en la déplaçant seulement vers l'ouest, la mémoire de mes saisons, de mes premières émotions, de mes fragiles bonheurs ; et que ma détestation des civilités citadines, des horizons sans ciel ni frondaisons, des foules compactes sur les grands boulevards, vient de cette sauvagerie des bords de Seine à laquelle, dans mon cœur, je n'ai jamais été infidèle.

J'y ajouterai la passion de lire. De lire, jusqu'à s'oublier, se fondre dans la nature. Combien de journées entières ai-je passées, l'été dans un transat sous le gros acacia, l'hiver dans un lit, à dévorer, sans aucun souci de hiérarchie, sans gouverner mes choix, sans devoir ni ambition, *La Recherche*, les pièces de Giraudoux, tout Stendhal, Nietzsche, Kierkegaard, Pierre Jean Jouve ou Colette. Car je ne savais plonger que dans des œuvres complètes, j'avais besoin de pénétrer un univers, de l'explorer jusqu'au moindre recoin : picorer ne m'intéressait pas, c'est engloutir qui me passionnait. Il me fallait des milliers de pages pour percer, croyais-je, le secret d'un écrivain. Je ne pensais même pas à le devenir puisque, d'une certaine manière, je l'étais d'emblée, par procuration. À l'adolescence, je préférais m'identifier à Stendhal qu'à Julien Sorel, et à Flaubert qu'à Frédéric Moreau. Mes héros étaient les créateurs, pas leurs personnages, si séduisants, juvéniles et fraternels fussent-ils. C'est étrange : j'aimais davantage tenir la plume de l'auteur vieillissant que l'épée du jeune premier. Je recopiais dans un grand cahier les phrases des autres que je faisais miennes. Ce n'était pas un recueil de citations, c'étaient mes pensées sur la mort, mes troubles religieux ou mon désir des femmes exprimés avec une clarté, une rigueur et une pudeur auxquelles j'aspirais. Rien ne distinguait donc la lecture de l'écriture. Et Bray, avec ses vieilles bibliothèques, ses belles reliures, sa poussière sur les tableaux, ses paperasses et ses bustes d'aïeux sur les cheminées, figurait le royaume où la vie était faite pour aboutir à un grand livre. De cette jeunesse à l'appétit de mots démesuré et aux métamorphoses, aux métempsycoses quotidiennes que la littérature favorisait, je suis terriblement nostalgique.

Il a manqué des premières amours à ce pays de peupliers, d'eaux dormantes et d'in-folio fatigués. C'est que je m'accommodais bien d'être seul et que je craignais de briser, par des visites inopportunes, la magie, le caractère sacré du lieu. Je réservais à Paris ce *divertimento*. La chorégraphie des slows lascifs, le protocole de la séduction, le rituel des déclarations définitives et la curiosité quasi ethnologique du corps féminin m'intriguaient plus que la chose elle-même. J'avais l'âge de Phil, dans *Le Blé en herbe*, mais pas sa précocité amoureuse. Une fois encore, je sacrifiais la cynégétique érotique du jeune héros à la technique littéraire, éblouissante, de Colette. La littérature m'a formé à romancer mon adolescence, mais elle ne m'a guère aidé à me conduire bien dans un lit. Pis : je lui dois d'avoir été un goujat, un lovelace acnéique, un prétentieux stratège de papier dont le plaisir tombait avec la capitulation des jeunes filles qui mettaient du cœur, leur cœur, là où je menais campagne ; qui parlaient vrai quand je bégayais des pages du *Rouge* ou de *Leuwen*.

La mort de mon père, au lieu de m'enjoindre à la modestie et à la constance, ajouta un temps encore à mon aplomb et à mon cynisme de petit joueur, de faussaire. Ce fut ma façon à moi d'entrer dans l'âge adulte que hantent parfois, quand la radio diffuse *Rain and Tears* ou *A*

Whiter Shade of Pale, des visages d'ondines blessées et de Lolita trahies, mais qu'adoucissent heureusement les pages des livres éclairées, en fin de journée, par la lumière maternelle et compassionnelle de Bray-sur-Seine.

Sur l'Aventin

Chaque année, dès la mi-juillet, on réveillait deux voitures cabossées qui avaient dépassé depuis belle lurette la date de péremption et auxquelles, pour la grande aventure, nous voulions prêter les vertus animales du courage et de la persévérance.

La mienne, une Renault 6 vert olive, modèle bâtard qui piquait du nez et tenait à la fois de la 4L du riche et de la R16 du pauvre, avait l'âge de la casse après que ma mère eut abusé de sa généreuse suspension sur les chemins de halage et les nids-de-poule du Provinois. Je venais d'obtenir, avec mes dix-huit ans, un permis de conduire qui figurait, au-delà du raisonnable, un passeport pour la liberté : muni de ce carton rose, je basculais dans l'âge adulte. Mon père était mort, d'une chute de cheval, l'année précédente, j'étais le fils aîné et, pour affronter le destin, je croyais devoir déjà me comporter comme un homme. Je portais sa montre et ses chemises blanches. Je crânais. Je me fabriquais. C'était ma manière à moi de ne pas choir.

Vincent et moi, nous faisions monter nos copines, sac au dos et jeans pattes d'éph', à la porte d'Orléans où l'on s'était donné rendez-vous aux aurores, sous la statue géante du général Leclerc qui n'en finissait pas, avec une prestance métallique, de commander l'armée des vacanciers en déroute. Laurence, Hélène, Virginie, Sophie nous attendaient en prenant des poses aguichantes d'auto-stoppeuses. Pour les vacances, elles avaient troqué leur Budé contre *Le Jeune Homme vert*, de Michel Déon, préconisé par *Les Nouvelles littéraires*, un hebdomadaire dont l'encre salissait les mains et où je me vantais de donner quelques piges sur la poésie dans la rubrique « Semainier ». C'étaient des copines du lycée Henri-IV et du Quartier latin. Des filles aux têtes pleines et aux corps tièdes avec lesquelles on entretenait des rapports singuliers, un peu immatures, fondés sur une attirance physique en suspens et une séduction intellectuelle sans avenir. Nous étions du genre à danser le slow sur *Qui saura*, de Mike Brant, en se murmurant dans le creux de l'oreille des passages de *La Critique de la raison pure*. Et à se caresser pendant la projection d'*India Song*, le film de Marguerite Duras qui venait de sortir et que, par affectation, l'on croyait devoir aimer.

On entrait sur l'autoroute du Sud avec ce que doit être l'ivresse du pilote quand il lâche les gaz du Boeing sur la piste d'envol. Même si nos deux petites voitures ne dépassaient guère le cent vingt kilomètres à l'heure sur le plat et le quatre-vingts dans les montées, on avait l'illusion de filer, de planer et, comme disent les cavaliers, d'être *emmenés*. On traversait la France, vitres ouvertes, en écoutant Procol Harum, Elliott Murphy, Cat Stevens et Jim Croce. À la radio, Giscard s'appliquait à ressembler à un président de la République, on commentait l'exécution de Christian Ranucci, les antinucléaires marchaient sur Creys-Malville ou le Larzac, Bob Wilson et Philip Glass mettaient le festival d'Avignon en émoi avec leur *Einstein on the Beach*. C'étaient des étés de grande sécheresse, les champs jaunissaient à perte de vue, les tournesols noircissaient sur pied, le blé grillait sous un soleil impitoyable. Au-dessus du macadam dansait un air trouble et brûlant, féerique. Pour se rafraîchir, on faisait halte dans l'ombre portée des montagnes valaisannes, et puis l'on descendait enfin jusqu'à l'Italie avec le sentiment de se laisser glisser vers le bonheur, comme en roue libre.

On arrivait à Rome, épuisés et radieux, en fin de journée. On avait beau sentir la sueur, l'huile chaude et la Craven A, il suffisait d'entrer dans la ville aux pierres rosées par le crépuscule pour nous laver aussitôt de tout ce qui nous encombrait. Le rituel voulait que l'on s'arrêtât piazza Navona afin de déguster, les mains sales, notre premier *tartufo* glacé au chocolat. Des garçons en Vespa sifflaient nos copines, parce qu'elles étaient blondes et que leurs robes légères, froissées et collées par le voyage, laissaient deviner d'adorables petites culottes, absorbées par la raie des fesses. Des hommes d'Église marchaient et devisaient d'un pas nonchalant, contrit, en pelotant leur croix sertie d'émeraudes comme on caresse son nombril après un bon repas. De petits orchestres improvisaient des romances lacrymales qui résonnaient sur les vieilles pierres chauffées et se mêlaient aux harangues de l'extrême gauche, dont les estrades en bois, plantées de drapeaux rouges, évoquaient la commedia dell'arte. Oui, on était bien à Rome.

Il fallait reprendre les voitures, contourner le Colisée et monter sur l'Aventin, où s'était retirée jadis la plèbe révoltée contre le patriarcat et où venaient donc se réfugier, au milieu des années soixante-dix, une bande de jeunes Parisiens sans le sou. C'était en effet la colline inspirée de notre villégiature. On déposait à contrecœur les filles et leurs lourdes valises dans une petite pension qui puait la naphtaline et le pipi de chat. Elle était gouvernée par des nonnes en civil qui, afin de rassurer les parents inquiets, imposaient aux jeunes filles de passage un ordre, une tenue et des horaires stricts. Du moins dans leurs murs. Le reste ne les regardait pas. C'était le prix dérisoire à payer pour connaître la *dolce vita* dans la Ville éternelle.

À trois cents mètres de là, Vincent et moi étions mieux logés. Cela suscitait beaucoup de jalousie chez nos petites amies. Nous prenions en effet nos quartiers d'été dans un grand couvent bénédictin entouré de jardins fleuris qui surplombaient Rome d'où montait, avec la brume de chaleur, une rumeur festive, une symphonie pour cuivres et klaxons. Le lieu eût converti au catholicisme apostolique et romain la pire bande de soudards. Dans cette abbaye plus proche de Thélème que de Cluny, on mangeait à la carte, on buvait des vins fins, et on allait digérer nos agapes sur les matelas Pierre Cardin qui bordaient la piscine. Car le monastère s'augmentait d'une piscine. Longue, bleu Hawaï et trop chlorée. Certains après-midi, de bedonnants prélats du Vatican venaient y faire leurs longueurs, ils soufflaient ainsi que des hippopotames et ne manquaient jamais, en feignant de flatter notre culture générale, de reluquer nos corps adolescents.

Déserté, aux beaux jours, par la plupart de ses moines — restaient les plus vieux, les plus pieux, et les sans famille —, le couvent était à nous. On trouvait du charme à nos cellules parce que l'on se prenait pour Julien Sorel. On était stendhalien comme nos aînés avaient été soixante-huitards. Mais on poussait aussi la perfidie jusqu'à lire Georges Bataille et les *Écrits* de Laure dans le cloître frais où gazouillait sans interruption une fontaine romane. On avait dix-huit ans, et l'on voulait que la vie ressemblât à notre bibliothèque. On prenait, sur de petits carnets et avec un air inspiré, des notes de voyage destinées, dans un improbable avenir, à un volume de *mélanges*. Dans la journée, on suivait les traces invisibles de Pasolini sur la plage grise d'Ostie et l'on trouvait plus conforme à nos goûts de visiter les églises avec les *Promenades dans Rome* qu'avec le Guide bleu. Il nous semblait en effet que, sous l'influence de Stendhal, notre cicérone, « les crucifix parlaient », « les Madones se fâchaient » et « les anges chantaient des litanies en procession ».

Le soir, on allait arracher nos copines aux griffes de leurs duègnes. Laurence, Hélène, Virginie et Sophie attendaient d'être dehors pour se parfumer. Elles cachaient derrière un buisson leurs pulls inutiles, leurs vêtements de chasteté. Nous allions danser dans une boîte du Corso et finissions la nuit dans des jardins qui exhalaient le mimosa et inclinaient à la volupté. Le grand avantage de Rome sur les autres villes est que les gestes déplacés y deviennent presque élégants. Quand l'aube pointait, nous ramenions nos jeunes filles en fleurs à la pension, où elles pénétraient, pieds nus et décoiffées, par une fenêtre laissée ouverte. On aurait dit des elfes. (J'avais une légère tendance à *giralduciser* depuis le printemps de cette année-là. À la Comédie-Française, j'étais tombé amoureux d'Isabelle Adjani qui, de sa voix ingénue et insolente, trahissait le peuple des eaux pour les beaux yeux du chevalier Hans von Wittenstein zu Wittenstein ; il ne m'aurait pas déplu d'être Jean-Luc Boutté.) Je n'oublierai jamais le plaisir — non pas celui de commettre un acte condamné par la morale mais celui de violer et narguer un lieu sacré — que j'éprouvais alors à ouvrir le portail noir de *notre* couvent avec une grosse clef gravée. Le moine portier me l'avait prêtée la veille en esquissant un sourire d'indulgence qui était presque de connivence.

Quand on ne sortait pas le soir, quand on n'allait pas écouter l'inaudible *Aïda* aux thermes de Caracalla, rencontrer des artistes blasés à la Villa Médicis ou dîner dans une pizzeria du Trastevere, on restait à la maison. Je veux dire, au monastère. C'était très agréable. Vincent et moi faisions le tour des rares cellules encore occupées. Les moines s'y ennuyaient. Nos visites les divertissaient. Nous leur savions gré de ne jamais donner dans le prosélytisme ; au contraire, ils étaient très curieux de nos vies, de nos lectures, de nos études, et nous demandaient de leur raconter, en détail, nos escapades romaines.

Car ils connaissaient à peine la ville magnifique où ils habitaient. Le sacerdoce les avait détournés de ce privilège.

La conversation pouvait durer tard dans la nuit. Il est vrai qu'elle était souvent arrosée. De leurs placards, nos hôtes sortaient pour nous, cachées sous la bure et les in-folio, de précieuses bouteilles qu'ils vidaient, avec des gestes cérémonieux, dans des verres à moutarde. Jacques, un bénédictin vendéen qui travaillait à la traduction de psaumes, en pinçait pour le cognac. Jean-Philippe, un bénédictin californien chargé d'enseigner le latin aux novices, louait au contraire les vertus spirituelles du bordeaux. Mais le religieux le plus détonnant, le plus sympathique, le plus enflammé, celui chez lequel il était difficile de deviner l'appartenance à l'ordre de saint Benoît, s'appelait Dieudonné. Wallon, barbu, replet, il professait des idées trotskistes-léninistes qu'il ne jugeait point incompatibles avec sa foi et connaissait par cœur les chansons écologistes de son ami Julos Beaucarne, chantre du plat pays et des bières de trappistes. Dieudonné n'entonnait jamais mieux *Le Front de libération des arbres fruitiers* ou *Chandeleur septante-cinq* qu'après avoir avalé plusieurs verres de grappa. « C'est l'eau-de-vie du Seigneur, assurait-il, elle ne saurait faire de mal à un moine. »

Trois semaines après notre arrivée, l'abbaye bénédictine n'avait donc plus aucun secret œnologique pour nous. Vincent et moi avions d'ailleurs pris l'habitude de désigner les bons pères en fonction de leurs prédilections. On croisait ainsi Dom Brandy au réfectoire, on trouvait Dom Chianti fatigué, et l'on se baignait dans la piscine avec Dom Martini. C'était un excellent procédé mnémonique. Restait, avant de repartir pour Paris, un mystère à élucider. Car les aveux recueillis de cellule en cellule concordaient sur un point : seul le prieur ne buvait pas. Tout juste trempait-il ses lèvres dans le vin blanc de messe, une piquette.

La veille de nos adieux, nous lui rendîmes visite. Il nous accueillit à bras ouverts et s'inquiéta de savoir si nous avions passé un bon séjour. On lui raconta nos promenades dans Rome, sans toutefois préciser que nos petites amies logeaient à l'autre bout de la rue. On fit l'éloge de son couvent, qui élevait l'esprit sans dédaigner le corps. On osa s'étonner de la piscine et des matelas Pierre Cardin. Il tint notre suspicion pour légitime et ajouta, avec un rien de lassitude : « Que voulez-vous, ce sont des dons, ça ne se refuse pas. » L'atmosphère était si détendue, la conversation si fraternelle, qu'on se risqua à lui demander d'où venait sa réputation d'abstème. Il éclata de rire. « J'aime plus le vin que tous les moines de ce couvent, nous dit-il, seulement voilà, les alcools me paraissent désormais frelatés depuis que j'ai goûté, il y a un demi-siècle, un nectar que rien n'égale. Vous voyez, être religieux n'empêche pas d'être sentimental. »

Il avait treize ans, dans un petit village de Bourgogne, quand son grand-père à l'agonie, un éleveur de pur-sang terrassé par une maladie incurable, avait en même temps demandé l'extrême-onction et prié que l'on ouvrît pour l'occasion une bouteille de dom pérignon. Ce jour-là, le garçon hébété avait découvert à la fois la douleur de la séparation et le bonheur de la dégustation. Il en avait tiré une morale — la mort n'est pas triste — et un arôme confus mais persistant d'épices rares, de miel liquide, de noisette fraîche, d'agrumes confits et de tabac anglais.

Quelques années plus tard, il était entré dans les ordres. Il avait choisi les bénédictins. Car il aimait que, au XVIIe siècle, l'abbé Dom Pierre Pérignon, cellérier doublé d'un érudit, eût poussé la piété jusqu'à marier le pinot noir et le chardonnay pour offrir aux hommes le meilleur vin du monde et adouci, avec une science qui touchait au bel art, la règle austère de saint Benoît. Il est devenu ainsi l'ordre le plus souple. Dès sa nomination au couvent de la piazza Cavalieri di Malta, le prieur avait fait venir de l'abbaye d'Hautvillers, qui conservait jadis la relique de sainte Hélène dérobée à Rome en 841 (c'était décidément un chemin très fréquenté), un millésime 1964. La bouteille au long col était là, près de lui, immobile, fidèle et mystérieuse. Il lui suffisait de la regarder pour retomber en enfance. Il la caressait, interrogeait le liquide blond derrière sa paroi fraîche et l'ultime regard de son grand-père derrière le légendaire écusson. Certains soirs, il rêvait de l'ouvrir, si impatient qu'il était de retrouver cette couleur dorée qui l'avait jadis ébloui. Il avait le souvenir d'une robe comparable à celle des chevaux qui, sous sa fenêtre en Bourgogne, dansaient dans les prés : robe fauve clair aux crins lavés, isabelle, ambrée ? Robe indéfinissable. « Je ne sais toujours pas si cette lumière vient de la terre ou du ciel », ajouta-t-il en prenant, avec une délicatesse d'orfèvre, la bouteille dans ses mains. « Je le saurai en l'ouvrant, quand mon heure aura sonné. »

On quitta Rome le lendemain. Le moine portier nous accompagna jusqu'à la place et fit un grand signe de la main en brandissant la clef, qu'il nous prêterait le prochain été. Les filles nous attendaient, sacs aux pieds, devant leur pension. Le retour à Paris fut long, triste et nostalgique. Je profitai du long week-end du 15 août pour repartir aussitôt dans ma brinquebalante Renault, direction Épernay. Seul, je me promenai quelques jours sur les terres crayeuses de Champagne, m'étonnant qu'un tel éclat pût jaillir d'un paysage si sec et inclément sur lequel planait, dans l'attente des vendanges, un tendre parfum de mirabelle. Je visitai un haras, entrai dans des cours de ferme où rouillaient de vieilles charrues, croisai des vignerons, des taiseux, et des enfants qui avaient encore leur grand-père. Depuis Hautvillers, j'envoyai une carte au prieur du couvent romain : « Mon père, j'ai bu du dom pérignon en pensant à vous. C'est de la soie dans un gant de verre. Je crois avoir trouvé la lumière que vous cherchiez. C'est celle de l'akhal-téké, un cheval qui galope d'ordinaire dans les déserts brûlants du Turkménistan et dont un cavalier de la région, pour qui cette race est bénie des dieux, m'a montré hier un éblouissant spécimen. Nul ne peut d'ailleurs le monter. Il a des allures nobles, une encolure en col de cygne, le dos long, l'œil sauvage et une robe dorée qui miroite et chante dans le soleil. Mon père, permettez-moi cette prière : cette robe, n'attendez pas trop pour l'admirer. Je reviendrai l'année prochaine avec une bouteille du vin sacré de votre enfance. Nous le délivrerons ensemble et le boirons en silence sur l'Aventin, où se retirent les gens sages. »

Au loin, derrière les vignes et la campagne apaisée, une cloche fêlée sonnait la messe, à moins que ce ne fût une noce. Dans le ciel aux cirrus médiévaux, des oiseaux en formation triangulaire volaient vers Rome.

17, rue de Tournon

J'ai oublié ce que, un jour de 1974, un an après la disparition de mon père, je lui avais écrit. Ce devait être une lettre d'admiration, sans doute augmentée d'une demande de rencontre. Je ne sais plus. On s'efface à mesure que l'on se souvient des autres.

J'avais lu *Ici, là-bas, ailleurs*, *Spirale* et *Le Temps d'un soupir.* Comme tout le monde, j'avais jugé que ce livre m'était destiné, qu'il traduisait, avec une dignité, une austérité, une philosophie et une hautaine pudeur auxquelles secrètement je prétendais, ma propre souffrance, ma révolte vaine et, allez savoir comment, la présence de mes morts. J'aimais sa prose maigre de moraliste et cette manière qu'elle avait de tutoyer une ombre, de pleurer un disparu célèbre sans jamais le désigner, fût-ce par son seul prénom, comme si elle craignait de le dévoyer et qu'on le lui volât ; comme si elle se refusait, après l'avoir porté en terre dans son pourpoint du *Cid*, à le coucher une seconde fois — sur le papier.

Elle avait soixante ans, j'en avais dix-huit. À cet âge-là, on cherche à se retrouver dans les pages des autres ; on ne lit pas, on moissonne des citations, on dérobe des expressions, c'est la seule manière de rédiger, lorsqu'on n'a pas encore trouvé son style et que l'on croit devoir le surcharger à la manière d'une pièce baroque, un journal intime. « Tu fus mon plus beau lien avec la vie. Tu es devenu ma connaissance de la mort. Quand elle viendra, je n'aurai pas l'impression de te rejoindre, mais celle de suivre une route familière, déjà connue de toi. [...] Toi dont la lucidité était une des plus belles qualités, tu étais allé au-devant de la mort comme un enfant. [...] Je tentais d'immobiliser le temps, d'éterniser le fugitif, je dressais des statues dans le vide. »

Comme tout le monde, j'avais dû la remercier d'avoir su trouver les mots justes et l'assurer, en bas de page, de ma fidélité émue. J'ignore où j'ai envoyé ma lettre — chez Gallimard, son éditeur, 5 rue Sébastien-Bottin, ou au 17 de la rue de Tournon, qui était encore, dans ces années-là, une adresse mythique vers laquelle convergeaient au crépuscule, longeant les murs que j'ai même vus une fois tagués d'un mystique « Cid n'est pas mort, Cid est ressuscité ! », des pèlerins anonymes, des rescapés du TNP, et une poignée de déments que les anges entraînent souvent dans leur chute. (Aujourd'hui, les copains de nos enfants, dont les parents sont trop jeunes pour être allés à Chaillot ou à Avignon, ne connaissent pas Gérard Philipe, ou ne connaissent de lui que les photographies en noir et blanc, un peu trop posées, un peu trop maquillées, avec lesquelles les manuels scolaires illustrent des extraits de *Lorenzaccio* ou le résumé de *La Chartreuse*. C'est la première génération de l'oubli ; les suivantes seront celles de l'ignorance.)

Quelques jours plus tard, elle me répondit, de sa belle écriture droite, bleue, émaillée d'abréviations. J'ai retrouvé sa lettre : « Merci de m'avoir écrit. Votre lettre m'a touchée. Je crois que la mort n'empêche pas de croire à une forme de bonheur et de beauté. Peut-être que la découverte de la médiocrité est pire que celle de la souffrance. Si je puis vous aider, dites-le-moi. Je vous souhaite une vie riche de tout ce qu'elle peut donner. »

Une telle célérité m'avait surpris. Car les rares écrivains auxquels mon adolescence soucieuse, et un peu trop révérencieuse, réclamait un signe, un geste, une parole, n'avaient point manifesté tant d'égards, ni une telle humanité.

Elle prétendait donc que ma lettre, ajoutée j'imagine à tant d'autres, l'avait émue. Je profitai de sa politesse, ou de son indulgence, pour glisser un pied dans la porte entrebâillée. Je lui écrivis à nouveau, elle feignit de se prendre au jeu. Nos échanges épistolaires durèrent, je crois, plusieurs semaines. Jusqu'au jour où elle me proposa de venir lui rendre visite, à dix-huit heures précises. Elle était une maniaque de la ponctualité.

Je m'étais aussitôt procuré en librairie ce qu'elle avait publié. J'avais trouvé, dans une collection un peu vieillotte, « La Croix du Sud », que dirigeait alors Paul-Émile Victor, *Caravanes d'Asie*. C'était le récit d'un périple qui avait mené Anne Fourcade (du nom de son premier mari), à dos de cheval, de mulet, de yak, et au milieu des squelettes d'autres animaux, depuis la Chine jusqu'à l'Inde, de Nankin au Cachemire, par la longue et sinueuse route de la soie au fil de laquelle semblait se dérouler l'Histoire et surgissaient, par groupes distincts et colorés, les Chinois, les Mongols, les Ouïgours, les Ouzbeks, les Dounganes, les Turkis, les Tibétains et les Hindous. « À seize ans, y écrivait-elle avec cette simplicité qui fut toujours sa suprême élégance, j'aimais les animaux, la mer, les forêts, les fleurs, j'aimais aussi quelques hommes. Aujourd'hui, j'aime avant tout les hommes et j'en déteste quelques-uns parce qu'ils trahissent précisément leur qualité d'homme. À ceux qui n'aiment pas l'homme, je conseille d'aller dans le désert. Là, ils apprendront à l'aimer, à être émus jusqu'aux larmes par sa présence, par ses luttes, son courage, son intelligence. C'est ici, dans ce désert, que j'ai compris la beauté humaine d'une ville : l'œuvre de l'homme. Voici donc cette célèbre route de la soie, qui fait chanter l'imagination : une piste à peine tracée dans une solitude immense et sans merci. » Je découvrais l'ethnologue qu'elle avait été en 1948 et ce destin d'aventurière fascinée par l'Orient que la gloire fulgurante de son mari avait contrarié puis éclipsé.

J'avais aussi été attendri par le portrait de sa fille, esquissé dans *Les Rendez-vous de la colline*, qu'elle prénommait Constance et qui avait « le menton en avant, la nuque raide et la taille droite ». On la sentait d'autant plus captivée qu'elle ne parvenait pas à percer son secret, comme si son propre enfant lui résistait. Elle en parlait comme s'il se fût agi d'une petite étrangère, sauvageonne cachée sur la colline, belle échappée dans les champs de lavande à l'entêtant parfum bleu-gris.

J'avais même déniché quelques éditions en club du *Temps d'un soupir*. Les reliures étaient assez laides, les dorures vulgaires, le cuir de mauvaise qualité quand ce n'était pas du skaï, mais les volumes contenaient, à cette époque, de précieux cahiers de photographies. Deux d'entre elles m'avaient beaucoup marqué. L'une la montrait assise et pieds nus sur un ponton, la tête de Gérard blottie au creux de son ventre. Image arrêtée d'un plaisir alangui, d'un abandon total, d'une sieste amoureuse de jeunes mariés tranquilles — où les rôles étaient attribués, elle, léonine, maternelle, possessive ; lui, insoucieux tel l'enfant fragile qu'on protège. Je m'étonnais qu'un photographe eût pu ainsi les saisir, avec leur accord.

L'autre avait été prise à Ramatuelle, en plein soleil. C'était une photo de vacances. Gérard en tee-shirt rayé est au volant d'une vieille Ford décapotable des années vingt, très drôle, qui ressemble à la voiture de Mickey. Anne est à ses côtés, elle porte un chapeau de paille. Derrière, sont assis, tout excités par la promesse de la promenade, du bain de mer à Pampelonne, ou du marché matinal à Saint-Tropez, leurs deux enfants blonds, Anne-Marie et Olivier. Il y a aussi un adolescent ombrageux, dont j'apprendrai plus tard qu'il est le fils du premier mariage d'Anne et se prénomme Alain. Il faut compter enfin avec Galand, le berger allemand, c'est le gardien de la famille ; une famille dans toute son insolente beauté, son éphémère joie de vivre, un bref instant de félicité volé à l'été caniculaire, un des derniers étés avant le drame.

Ces deux photos, qui ne m'ont jamais quitté, résument une vie et, me semble-t-il, la justifient en l'illustrant. Ce sont des images d'Épinal, j'en conviens, et c'est la raison pour laquelle elles me touchent tant. L'intimité, d'ordinaire si protégée, y est ostentatoire. Le bonheur s'y affiche comme, trop idyllique et retouchée au pinceau, une réclame d'autrefois pour le couple, pour la famille, pour ce que l'on construit et qui demeurera, après que la mort sera passée par là.

J'avais remonté le boulevard Saint-Germain jusqu'à l'Odéon, pris la rue Saint-Sulpice, tourné rue de Tournon. Lorsque j'arrivai devant le porche vert du 17, il était trop tôt. Je poussai jusqu'au Luxembourg, le jardin de mon enfance, du navire de guerre — un U-25 gris — qu'on faisait mugir sur le bassin, des promenades en poney sous les platanes, des balançoires vertes lancées jusqu'au bleu du ciel, et des pelouses interdites où courait mon frère jumeau. Je me remémorai cette scène du *Temps d'un soupir* : une nuit de neige, au sortir du théâtre, le couple mutin escalade les grilles en pouffant et se promène dans les jardins blancs. L'homme et la femme se tiennent par la main. Il fait froid, l'hiver est silencieux, les grands arbres ploient dans le vide. De la buée sort de leurs bouches. Ils se jurent fidélité, ils pressentent que leur histoire sera brève. « Nous essaierons d'être élégants si un jour nous sommes malheureux », dit l'un. « Je te le promets », répond l'autre.

L'horloge du Sénat sonna les six heures avec une gravité de bedeau. Je descendis la rue de Tournon. Mon cœur battait la chamade. Cette femme m'impressionnait avant même que je l'eusse rencontrée. Je montai au deuxième étage. Elle m'ouvrit. Elle était vraiment très ressemblante.

*

Un grand front bombé jamais en repos, une bouche légèrement proéminente qui produisait d'exquis sons suaves, des mains et des poignets si graciles qu'on eût dit des lianes, des yeux de félin qui fixaient droit l'interlocuteur et l'intimidaient : Anne était faite pour la conversation comme certains sont doués pour l'action ou d'autres la méditation. Elle pouvait parler pendant des heures. Elle savait aussi écouter. Cette femme chez qui la douleur avait germé comprenait tout. Elle décryptait les visages. Sa préférence allait au dialogue. Au-delà, c'était de la mondanité, et Anne n'avait rien de la salonnarde. Elle était une contemporaine de Jacques Lacan et de Nathalie Sarraute, pas une héritière de la marquise Du Deffand. Elle croyait aux vertus antiques de la maïeutique. Il fallait toujours que, dans une lumière tamisée, elle gouvernât l'entretien. Elle me faisait parfois penser au prêtre qui, derrière la grille du confessionnal, par le seul pouvoir de la voix, conduit l'aveu, extirpe le remords, recueille de timides et troubles chuchotis, condamne parfois, absout souvent. Mais déteste l'effusion.

Le mot qu'elle plaçait plus bas que tout était « sentimental ». Je ne l'ai plus jamais utilisé.

Elle mettait dans son exigeant ministère toutes ses facultés naturelles : un mélange savant d'autorité et de grâce, de sécheresse et de tendresse, d'obstination et de délicatesse, d'aménité et de curiosité. Il arrivait même qu'elle y ajoutât de l'indiscrétion. Dans un dialogue, elle ne s'arrêtait jamais en chemin. Elle faisait son miel des histoires de cœur, des problèmes de couple, des trahisons, des scènes de ménage, des séparations, des veuvages, des accidents. On les retrouvait, rehaussés par le style et traités à l'aune d'une morale provisoire, dans tous ses romans, qui saisissaient la vie en mouvement et vibraient dans l'air électrique.

Toujours assise par terre dans l'attitude du campeur près du feu de bois, elle excellait à explorer les zones obscures, les chambres froides, les arrière-cours de ses interlocuteurs privilégiés. J'ai adoré être son confident. Je n'ai pas détesté être sa proie. Quand on la quittait, on s'étonnait de s'être tant confié. Avec elle, on buvait beaucoup de thé, croquait du chocolat noir très amer, et vidait ses poches de ce qui, au propre comme au figuré, les encombrait. Après, l'on se sentait plus léger. Elle avait le don de délester les inquiets.

Elle habitait un grand appartement, haut de plafond, moquetté de bleu marine et tapissé de bibliothèques, dans lequel elle se déplaçait comme, énigmatique, un personnage d'Ingmar Bergman. Le salon se prolongeait par sa chambre surélevée, où l'on accédait en montant six marches. L'absence de porte entre les deux pièces réunies par ce tapis océanique un peu fatigué qu'on eût dit grignoté par le sel, augmentait l'illusion de vastitude. Certains après-midi d'été, quand plus aucune voiture ne circulait rue de Tournon et qu'un air tiède entrait par les fenêtres ouvertes sur la vieille cour pavée, on se serait cru en croisière au milieu de l'océan Indien, sur un paquebot claudélien où ce qui compte est moins la destination, toujours improbable, que l'art de voyager, de faire des rencontres inédites sur le pont, de réveiller des souvenirs adoucis par la brise, de se séduire, de parler par métaphores énigmatiques, dans une langue en suspens que le soleil couchant et l'exil clapotant autorisent soudain.

MESA : … Et me voici à cette heure de midi où l'on voit tellement ce qui est tout près / Que l'on ne voit plus rien d'autre. […]

YSÉ : Il ne faut pas comprendre, mon pauvre monsieur ! Il faut perdre connaissance.

Dès ma première visite, Anne se soucia de moi, dont elle ne savait rien, avec une prévenance de pianiste. Il y avait de la musique — une sonate de Schubert, jouée par Brendel. Moustache, un gros chien tout en poils, où la tête ne se distinguait pas du cul, ronflait bruyamment à ses pieds. Ce qui passe d'instinct entre deux êtres ne s'explique pas. Nous avions beaucoup à nous dire, ou du moins c'est ce que nous voulions croire. À partir de ce jour, on s'est vus souvent. Chaque semaine, je déjeunais chez elle. Une grillade et des légumes verts, vite avalés. Car on se réservait pour le chocolat noir et le café — elle le préparait dans une cafetière à étages et en fonte des années soixante qui grondait comme un moteur Diesel, pleurait de longues larmes noires, et devait sans doute la rassurer. C'était l'instant solennel où elle allumait deux cigarettes Dunhill, les seules de la journée. Leur unique fonction était d'élonger la conversation. Au reste, elle ne fumait pas, elle faisait de la fumée. Anne était une volupteuse.

En début d'après-midi, nous nous séparions au pied de son immeuble : elle partait travailler aux éditions Julliard, où elle dirigeait une collection — « L'atelier Anne Philipe », illustré d'une colombe — dans laquelle paraissaient les romans d'écrivains sanguins qui ne lui ressemblaient guère. Cette claveciniste en pinçait pour les trompettes. Je me rappelle notamment Adrien Salmiéri (qu'est donc devenu Adrien Salmiéri, qui habitait alors une HLM de la banlieue sud de Paris ?), Guy Croussy, un homme du Nord très tendre sous sa rugosité, Pierrette Fleutiaux, dont elle enviait la chevelure et le caractère fauves, ou encore la romantique Jacqueline Bruller, qui aimait les châteaux du Causse, les chevauchées dans la lande, le panache, les sortilèges, les amours malheureuses, et Fabrice del Dongo. Anne avait besoin d'être séduite par eux comme elle voulait leur plaire. Elle consacrait beaucoup de temps à cette dialectique affective, à ce petit théâtre des apparences, à son clan.

Elle avait pris soin de me présenter à chacun de ses auteurs, après me les avoir fait lire. Elle souhaitait non seulement que je prisse part à ses enthousiasmes mais aussi signifier à ses obligés que j'étais sous sa protection, peut-être même sous sa coupe. (J'ai toujours pensé qu'en devenant l'ami d'Anne, on avait le privilège de pénétrer une principauté dont elle avait érigé les lois impératives, dont elle maintenait les frontières fermées et sur laquelle elle régnait avec équanimité mais aussi fermeté. Je devais apprendre plus tard que ses enfants — ils la charriaient, elle aimait beaucoup ça — l'appelaient « la reine mère ».)

Dans les premiers temps, je me souviens que l'on ne parlait que de littérature, de philosophie et de peinture. On échangeait nos lectures, nos découvertes, on débattait de Spinoza, dont les traités écornés par l'usage ne quittaient pas sa table de chevet. Je lui parlai de Kierkegaard, sur lequel je venais de terminer un mémoire. (Chaque année, pour mon anniversaire, elle allait m'offrir un ou deux volumes de ses *Œuvres complètes*, traduites par P.-H. Tisseau, tirées sur bouffant Alfa, reliées pleine toile havane et présentées sous jaquette vert olive aux éditions de l'Orante : « Il y en a vingt. Tu auras le dernier pour tes quarante ans », m'avait-elle glissé sur une petite carte. Elle s'est éteinte en 1990, ma précieuse collection s'est arrêtée pour toujours au tome XVII. C'est désormais une maison sans toit.) Elle me fit rencontrer Claude Roy, j'organisai un dîner chez elle pour lui faire connaître Jacques Chessex, elle m'initia aux *Papiers collés* de son ami Georges Perros, aux journaux intimes de Charles Juliet, aux photographies asiatiques de Marc Riboud, aux tableaux de Vieira da Silva et aux temperas d'Arpad Szenes. Tout un monde de silence et de lumière.

Quand j'arrivais pour déjeuner, elle avait consacré sa matinée à écrire. Elle s'était levée très tôt, à l'aube — elle disait joliment que c'était son « heure chinoise ». De cette longue séance de travail, elle sortait comme d'un combat, épuisée et toujours insatisfaite. Elle avait besoin de raturer, de déchirer, de reprendre sans cesse sa phrase pour parvenir à exprimer le plus simplement possible ce qu'elle avait sur le cœur. Elle rêvait de dépouillement et de transparence. Qui pouvait imaginer que ses romans, dont chaque ligne exalte le farniente du Midi, où les sentiments se glissent dans les paysages, où les mots paraissent couler de source, et dont la musique est si douce, étaient nés dans la souffrance et la rage ?

Elle me donnait l'impression d'être en lutte permanente avec elle-même, avec la langue, avec le style. Elle me faisait comprendre aussi combien elle doutait et aspirait, décernée par un juge fantomatique, à une lointaine légitimité. Comme si, même après de nombreux livres, et sans doute en raison du nom étoilé qu'elle portait, elle continuait à attendre, en vain, qu'on lui reconnût le beau statut d'écrivain. Elle savait d'ailleurs gré à Claude Roy et à Roger Grenier, lecteurs de ses manuscrits, de la rassurer. Jusqu'au prochain brouillon, qui la trouvait désemparée, dans le petit matin mouillé de thé de Chine.

Aux beaux jours, le plus souvent dans les premières semaines du mois de juin, elle quittait Paris pour Ramatuelle. Elle n'habitait pas La Rouillière, qui n'était guère conçue, disait-elle, pour une femme seule, mais un tout petit appartement repeint aux couleurs grecques — blanc immaculé et bleu de smalt — qu'elle avait acquis dans le haut du vieux village sarrasin et d'où, par temps clair, on pouvait voir se dessiner avec des teintes d'aquarelle la baie de Pampelonne. Dans une R5 blanche, elle transportait des disques, des livres, des bibelots, son chat, et prenait ses quartiers d'été au café de l'Ormeau, où M. et Mme Cauvière, qui dressaient autrefois la table sous la charmille pour Gérard Philipe et ses amis, veillaient tendrement sur elle. À moins que ce ne fût l'inverse.

Dans la journée, entre deux feuillets, deux incertitudes, deux siestes, elle allait se baigner, des heures durant, à l'Escalet. Elle nageait le plus loin possible. Pour prévenir les bateaux à moteur, elle s'équipait d'un sifflet dont elle pensait, avec naïveté, que les trilles suffiraient à signaler sa dérivante présence et à éloigner toute menace. Après quoi, elle montait arroser le lierre de la tombe dans le petit cimetière en pente douce avec la sérénité que le temps accorde à ceux qui vieillissent parmi leurs souvenirs toujours jeunes. « J'irai sous mes cyprès accabler ses lauriers », murmurait autrefois Chimène, en croyant Rodrigue mort, dans la minérale cour d'honneur. Anne faisait le ménage, enlevait les lettres d'amour, les colifichets, les amulettes, les fleurs en plastique et les objets cabalistiques que des admirateurs avaient déposés au pied de la pierre blanche où étaient gravées deux dates : 4 décembre 1922 - 25 novembre 1959. Elle aspirait à pleins poumons le souffle méditerranéen qui ressemble à une caresse, elle semblait n'obéir qu'au vent et au soleil, elle menait une vie végétale. Aussi droite qu'une stèle, elle était parmi les morts comme chez elle. « Je suivais la croissance des arbres. Je sus quand ils dépassèrent le mur et que leur cime vit la mer. Je sais comment leur ombre joue sur toi, quels sont les vents qui les atteignent. Où que je sois, quand je le veux, j'entends les rumeurs de la route, les échos du village, les colères du mistral, les longues rafales du vent d'est, la pluie, le grincement de la porte de fer qu'un visiteur pousse. Oui, je connais tous les bruits tels qu'ils se rassemblent au-dessus de toi. Et je sais à quelle heure les oiseaux viennent boire l'eau des fleurs. » Quand enfin le jour déclinait, elle suivait la petite route qui sent la lavande et la résine, partait se promener dans les vignes de La Rouillière, sous la ferme rose que ses parents belges avaient achetée jadis et qui attendait de petits-enfants en vacances pour revivre.

Cette maison que je ne connaissais pas encore, sinon dans ses livres, Anne l'évoquait comme un paradis. Elle pouvait en décrire chaque pierre, chaque arbre, chaque terrasse, chaque mystère. Elle était intarissable sur la foudre qui avait blessé un pin parasol au cœur et l'avait gravé de noir, sur les sangliers qui venaient de traverser le vallon et avaient suivi le ruisseau jusqu'au lavoir en retournant la terre comme une horde de Huns, sur les lauriers-roses que la sécheresse avait flétris ou sur le petit potager dont M. Cauvière, trop fatigué, avait cessé de s'occuper mais où certains légumes aux formes maladives s'obstinaient encore à pousser. Enfant du nord de la Loire, de la grande ville, de la plate Seine-et-Marne, des Normandies bocagères et grasses, je ne savais alors rien du Midi, et cela ajoutait à la légende du lieu par la grâce duquel un soir, enfin, elle voulut bien, devant moi, se souvenir de Gérard Philipe. Nous venions de passer, dans une presque obscurité, de la complicité à l'intimité.

Elle le raconta, manches retournées, sur son tracteur à Ramatuelle, où Perdican cahotait, défrichait, perçait l'impénétrable broussaille, creusait la terre rouge, suait sous le soleil, mais aussi inaccessible, comme détaché de tout, dans sa petite loge de l'immense Chaillot avant l'entrée en scène, flottant dans son pourpoint de Hombourg sous les hauts murs d'Avignon, et même dans leur lit où il allait s'éteindre, rue de Tournon, au petit matin, alors qu'elle conduisait leurs deux enfants à l'école du Père Castor.

Deux semaines plus tôt, il avait été opéré à la clinique des Bleuets. Après avoir découvert l'étendue du mal, le chirurgien avait compris qu'il ne pouvait rien faire. Il avait refermé le ventre comme on s'incline, impuissant et digne, devant la fatalité. Je fis répéter à Anne le nom de ce professeur qu'elle portait en haute estime. J'étais abasourdi. Mon étonnement l'étonna. « C'était mon grand-oncle, lui avouai-je. — Vous voyez qu'on devait se rencontrer », ajouta-t-elle.

Anne avait caché à Gérard que tout était déjà fini. Elle lui avait offert, par son silence et la rigueur de ses sourires, quelques jours d'espoir pendant lesquels, rasséréné, il avait même envisagé des vacances à la montagne, relu et annoté *Antigone*, écouté en boucle des concertos de Mozart, rêvé de jouer *Hamlet* sous la direction de Peter Brook, et repris goût à cette vie dont il disait souvent que la principale caractéristique et la plus grande difformité étaient la brièveté.

Je savais les dons du comédien, elle ne plaidait que pour son application au travail. J'imaginais un demi-dieu, elle portraiturait un simple mortel chez qui s'équilibraient, à parts égales, défauts et qualités. Elle corrigeait le tableau. À la gloire, elle opposait le père attendri, le polisson farceur, le manuel, le footballeur, le rêveur, l'innocent aux mains pleines. Elle disait retrouver chez son fils le même caractère bouillonnant. Olivier avait exactement mon âge, et le charme de ces collégiens prolongés qui se refusent, par commodité, à entrer dans le monde des adultes. Anne lui vouait un culte attendri et indulgent. Elle vantait ses prouesses scientifiques, son succès auprès des filles, son engagement dans les mouvements d'extrême gauche, ses deux mètres cinq, jugeait naturel qu'il logeât dans un studio contigu à son appartement et vînt chaque jour chez sa mère déposer ses affaires sales et prendre, à heures fixes, des repas chauds pour lesquels elle avait, comme à l'accoutumée, abusé du curry, du gros sel, du chutney et de l'ail.

Anne-Marie, en revanche, lui échappait. Elle m'en parlait comme d'un animal sauvage, un peu fennec, un peu tigresse, qu'elle avait cessé depuis longtemps de prétendre domestiquer. Elle l'observait de loin, à la longue-vue, admirait en tremblant ses bonds furieux, ses sauts légers, sa fougue prédatrice, ses amours insolentes, mais ne supportait guère qu'elle pût vivre libre loin de la rue de Tournon, qu'elle ne réclamât ni argent ni soutien d'aucune sorte. Elle ne comprenait pas non plus que sa fille eût choisi de monter sur scène, d'oser *reprendre le flambeau*. Convaincue que, tôt ou tard, son nom étoufferait ses dispositions, elle jugeait cette ambition suicidaire. Elle l'aimait d'un amour impuissant, d'une tendresse déconcertée. Elle craignait pour elle. Elle ne la rêvait pas plus soumise, elle la voulait moins en danger.

Et puis je sentais bien, même si elle ne l'avouait pas, qu'Anne avait perdu le goût des tournées et des coulisses, la patience d'y partager le trac abyssal des comédiens, la passion de ce compagnonnage toujours plus exigeant et jamais satisfait. Elle semblait comme fatiguée de ce sacrifice, de ce sacerdoce qui condamne la vie privée, de cette ferveur qui, pour être plus éclatante encore, fait mourir les plus fervents de ses héros dans la fleur de l'âge. Anne ne voulait plus souffrir pour la beauté de l'art. Elle avait donné. Elle avait payé.

*

C'était, en 1977, un de ces samedis gris d'automne qui poussent à la confidence et à allumer, pour se réchauffer, toutes les lampes de chevet. Nous déjeunions, Anne et moi, sur la longue table en laque noire. On parlait du *Sortilège espagnol*, de Michel del Castillo, de *La neige brûle*, de Régis Debray, de *L'Autre Amour*, de Michel Butel, qui venaient de paraître, de la toute nouvelle loi Informatique et libertés, du délire napoléonien de Bokassa et surtout — nous venions de le voir — du *Molière*, d'Ariane Mnouchkine, auquel Philippe Caubère avait donné son visage, troublant de fidélité, où Brigitte Catillon incarnait la belle Armande Béjart, où passait l'ombre tutélaire de Jean Dasté, où les médecins saignaient, Lully trahissait, l'Illustre-Théâtre errait, les gondoles noires glissaient sur la neige immaculée des Alpes et où, pour finir, le malade cessait en scène d'être imaginaire.

Anne, en versant le café, soutenait que la troupe de Jean Vilar ressemblait à celle de Jean-Baptiste Poquelin quand la porte d'entrée claqua sèchement et interrompit, avec un bruit métallique, notre conversation. Je vis alors débouler dans le salon un petit chien noir et blanc qui frétilla de la queue comme font les cabots dressés pour le cirque et vint s'asseoir à nos pieds en réclamant, la patte en l'air et l'œil éploré, un morceau de sucre. Il précédait une longue fille blonde, pressée, décidée, théâtrale, un peu crâne. Elle portait des cuissardes, un gilet de grosse laine et une toque. Elle ajoutait au style Woodstock un air de Fanfan la Tulipe au féminin. Elle était ravissante et inclassable. À peine nous jeta-t-elle un regard, sous la froideur duquel on se sentait coupable à la fois d'indolence, d'intellectualisme et d'embourgeoisement. Après avoir lâché un « salut » provocant, ou négligent, elle disparut dans son ancienne chambre de jeune fille qu'elle avait quittée depuis des années et dont elle avait fait une manière de débarras, en ressortit avec un vieux sac de voyage, traversa le salon à la vitesse d'un courant d'air, siffla son chien qui, discipliné, lui emboîta le pas, et claqua à nouveau la porte. La scène avait duré trois minutes. Anne posa tranquillement sa tasse de café. « Ma fille », dit-elle. Un long silence suivit. Dans la rue, j'entendis démarrer une 4L, modèle 1961, dont le moteur, quand il s'ébroue, rappelle une batterie de casseroles réveillée par un séisme.

Cette apparition conquérante, à la Jeanne d'Arc, dans un appartement où tout était luxe, calme et volupté, venait de mettre à bas, en un instant, les idées simples et fausses que, depuis l'adolescence, je m'étais faites des femmes. La fille d'Anne sortait du vieux cadre doré, acquis par héritage, où était enfermée l'image conventionnelle de l'épouse, de la fiancée ou de la maîtresse. La preuve : rien, chez elle, ne répondait au vocabulaire usuel. Elle défiait mon dictionnaire portatif et ma grammaire stendhalienne. Il aurait fallu inventer des mots pour obvier aux négations : elle n'était pas d'une beauté académique ; elle n'était pas d'une grâce aimable ; elle ne ressemblait pas aux filles de son âge ; elle n'était pas caustique, attendrissante, fière, libertaire, coquine, légère, narquoise, elle était tout cela ensemble, mais à la puissance dix. J'étais amoureux.

Portrait d'Ysé par Amalric :

« Ce n'est pas une coquette, méfiez-vous-en ! c'est une guerrière, c'est une conquérante !

Il faut qu'elle subjugue et tyrannise, ou qu'elle se donne

Maladroitement comme une grande bête piaffante !

C'est une jument de race et cela m'amuserait de lui monter sur le dos, si j'avais le temps.

Mais elle n'a pas de cavalier, avec ses poulains qui la suivent.

Elle court comme un cheval tout nu.

Je la vois s'affolant, brisant tout, se brisant elle-même.

Elle est étrangère, parmi nous.

Elle est hors de son lieu et de sa race.

C'est une femme de chef ; il lui fallait de grands devoirs pour l'attacher, une grande housse d'or. »

J'avais des petites amies, je les sacrifiai aussitôt à cette émouvante icône. Les semaines passèrent sans que je la revisse rue de Tournon. Pour tenter d'arrêter l'image, je découpai dans les journaux les articles qui étaient consacrés à ses débuts dans *Ruy Blas*, où elle jouait, avec le port de tête qu'on imagine, la reine d'Espagne sous un chapiteau planté dans les jardins des Tuileries. Chaque fois que je voyais Anne, je pensais à sa fille, et Anne était trop fine pour ne pas le sentir. Certains de nos silences devenaient très éloquents.

Quelle part prit-elle à organiser la rencontre comme elle pouvait exceller, depuis son confessionnal de velours bleu, à conduire les passions et manipuler les émotions ? Je ne le saurai jamais. Toujours est-il que, un soir d'hiver, lui annonçant que j'allais passer mon réveillon du nouvel an chez un ami, avenue Trudaine, elle glissa, mine de rien, dans la conversation : « Je crois bien que ma fille n'a rien prévu, cela lui ferait sûrement plaisir de vous accompagner. »

J'avais le passeport, je réservai aussitôt mon billet.

Au téléphone, Anne-Marie fit l'étonnée et même l'importunée. Je dus répéter mon prénom. Elle, lapidaire : « Ah oui, c'est vous le copain de ma mère ? » Mes lettres de créance sentaient le brûlé. Elle accepta finalement mon invitation, comme pour mieux écourter la conversation.

Le 31 au soir, je passai la prendre en voiture. Comme elle, j'étais un enfant hémiplégique de la Rive gauche. Toute traversée de la Seine ressemblait à une excursion. Passé l'attique pâtissier de l'Opéra Garnier, la Nouvelle Athènes figurait, pour moi, un territoire inconnu, grouillant et pentu, où habitait une population interlope constituée de banquiers, de comédiens, de péripatéticiennes et de stomatologistes. Nous gravîmes la rue des Martyrs, sans savoir que nous y vivrions un jour et au sommet de laquelle Paris paraît soudain se tenir comme à croupetons sur sa cuvette fluviale.

Avenue Trudaine, l'hiver avait des douceurs de réglisse. Le Sacré-Cœur, sous la pleine lune, ressemblait à une grosse meringue trop cuite. Engourdi par le froid, Paris affichait une beauté protocolaire. Dans les enceintes massives, très années soixante-dix, Michel Jonasz chantait *Voyageuse*, les *Vacances au bord de la mer* et *Super nana* : « Jamais vu plus belle qu'elle… Il y a cette môme, elle marche parmi les détritus, on dirait comme sur les prospectus, ces filles allongées à l'ombre des cactus... »

Ce fut l'an un de mon amour.

★

Dans les premiers jours de janvier, Anne téléphona à sa fille pour la mettre en garde : « Je sais que ça ne me regarde pas, mais à lui, tu ne fais pas de mal. Tu me le jures, hein ? » Anne-Marie lui rétorqua que ça ne la concernait pas et lui raccrocha au nez.

L'allée de Cergy

C'était un dimanche à la campagne, comme au cinéma, quand rien ne dérange la bienséance de l'insouciance et que l'écran, où le regard se repose, sent la fenaison. Une belle demeure bourgeoise, près de Paris, une table dressée sur la pelouse tondue ras, des viandes froides figées dans une gelée distinguée, des guêpes qui se noient dans le muscadet frais, des peaux hâlées sous des chemises blanches, et une conversation piquante d'intellectuels au vert — la petite assemblée, très progressiste, comptait des architectes, des journalistes, des économistes. Moi, qu'une amie romancière avait amené là, Dieu sait pourquoi, je me taisais et me forçais à sourire. Un peu de gêne, pas mal de timidité, une émotion mal contrôlée, sans doute cette trop grande sensibilité aux lieux *habités*, chargés de souvenirs, peuplés de fantômes, dont je n'ai jamais réussi à me défaire. Car je me préférerais plus détaché, plus endurci, moins affectif.

Je voudrais tant apprendre à être un visiteur négligent. Mais il est trop tard pour me réformer.

L'amie m'avait prévenu, sur un ton amusé, mondain, d'une voix presque folklorique : la maison où elle était invitée, et où j'étais toléré, avait autrefois appartenu « aux Philipe ». Elle claironnait « les Philipe » comme on dit « les Kennedy » ou « les de Broglie », ça ne collait pas, ça sonnait faux. En ce temps-là, je connaissais à peine Anne, pas du tout Anne-Marie, et j'avais la désagréable impression d'être sacrilège.

Il faisait beau et chaud, on avait traversé en voiture une vaste zone industrielle avant de pénétrer, au cœur du vieux village de Cergy, dans un parc qui exhalait la fraise et le thym. Il était planté de hauts cèdres, de bouleaux qui se desquamaient, de fruitiers sans fruits et d'un chêne centenaire. Une longue et majestueuse allée de marronniers menait, longeant l'Oise à main droite, un grand potager à main gauche, jusqu'aux marches de cette gentilhommière où il me semblait qu'Alain-Fournier eût pu donner, dans l'immense salon du rez-de-chaussée, le bal du *Grand Meaulnes*.

Mais c'est au *Temps d'un soupir* que je pensais en marchant sous les frondaisons, et à cette page, que je connaissais par cœur, où Anne évoquait sa première visite, *leur* première visite : « Nous avons suivi l'allée d'arbres et, tout au fond, la maison est apparue, laide, jaune et rouge, affublée en son milieu d'un perron fixé comme une verrue sur le nez. Seul le toit de vieilles tuiles était élégant. Nous avons ouvert les volets et exploré la maison, déjà mon imagination chantait. Chaque fenêtre découvrait un lieu d'un romantisme sublime. La maison serait ce que nous la ferions ; la rivière coulait à vingt mètres, les arbres existaient, le silence habitait cette terre. Nous y ferions naître l'amour. » Plus loin, plus tard, avant de quitter cette maison, d'abandonner cette illusion d'éternité, elle écrivait aussi : « Ce que nous avions créé allait donc vivre sans nous... » J'en étais la preuve involontaire, ce dimanche-là, au milieu des babillages savants, des tintements de couverts et du tic-tac chuintant de l'arrosage automatique.

Quelques jours plus tard, rue de Tournon, j'avouai à Anne mon déjeuner sur l'herbe de Cergy. Le nom la fit tressaillir. Elle me posa des questions sur l'état de la maison, du jardin, du vieux chêne, sur la couleur de l'Oise — verte ou grise ? Et elle me raconta. Ses yeux brillaient, qui ne me regardaient même plus, fixés vers je ne sais quoi de lointain et d'irréversible.

C'était en 1954, quelques mois avant la naissance d'Anne-Marie. Gérard et elle cherchaient un havre pour se poser, se reposer, une maison allégorique qui fût à l'image du monde meilleur auquel ils aspiraient et dont ils auraient rêvé d'être les maçons. Lui était surmené — il avait, l'année précédente, tourné *Les Orgueilleux* au Mexique, *Monsieur Ripois* à Londres, *Les Amants de la villa Borghèse* à Rome, joué *Lorenzaccio* à Chaillot, *Le Prince de Hombourg* en Allemagne, d'Artagnan dans *Si Versailles m'était conté*, de Guitry, participé à Tokyo à la semaine du cinéma français. Et la femme du Fregoli voulait que leur premier enfant grandît à la campagne.

Une agence immobilière leur avait conseillé cette grosse bâtisse du XIXᵉ, ils avaient aussitôt aimé le fleuve où glissaient de mélancoliques péniches, le tennis à l'abandon tapissé de mousse et de feuilles mortes, les massifs de pivoines, les plants de carottes, le poulailler et leur protecteur, M. Brunet, un jardinier qui portait cravate et chapeau de feutre, dont la démarche profilée évoquait un officier de cavalerie à la retraite. La mise en scène était réglée, ne manquait plus, dans ce décor morandien, que l'entrée des artistes.

Comme à Ramatuelle, Gérard avait redécoupé, harmonisé, restauré les six cents mètres carrés. Il lui avait toujours paru qu'un lieu, si parfait fût-il, demande à être façonné avant d'être habité. Sur le potager en terrasses et le jardin au cordeau régnait seul, en revanche, M. Brunet dont, aujourd'hui encore, Anne-Marie se souvient comme d'un exceptionnel professeur de botanique et, quand il lui prenait la main, d'un grand-père idéal. Anne, qui usait alors de la caméra comme elle allait ensuite sortir son stylo, chaque jour, pour ne rien perdre de ce qui est donné et ne reviendra pas, avait filmé le bonheur de Cergy : les premiers pas des enfants dodelinant sur le gravier, les galipettes dans l'herbe tendre, les bras de fer que tend le père, accroupi, vers Anne-Marie, sa « petite princesse », et Olivier, son « empereur des Steppes », le soleil de mai qui fait miroiter l'eau de la fontaine, les grimaces, les jeux, les fous rires, les joues chocolatées, la vie, quoi.

Ils étaient donc heureux. Rien ne devait contrarier cette félicité programmée. En janvier 1955, l'Oise déborda. Même cette inondation fut tenue pour un bienfait. Dans une lettre adressée le 29 janvier à Georges Perros, Gérard racontait son bonheur étonné, à la manière de l'enfant qui découvre, avec une syntaxe exclamative, les foucades et les insolences de la nature : « Cergy a surnagé. C'était admirable. L'eau arrivait jusqu'à l'allée de marronniers en laissant des îlots d'arbustes ou le promontoire des tilleuls-platanes. Le tennis sous l'eau. La dame nue en statue retirait toujours son pied pour le sécher, mais avec un effroi grandissant. Dans la cave, l'eau a poussé comme champignons et la voilà qui a recouvert trois marches du petit escalier. Elle se retire maintenant. Et le chauffage marchera bientôt. L'époque aventureuse s'achève. Viendras-tu au sec ? »

Le plus souvent, Gérard quittait Cergy dès potron-minet pour aller tourner *Les Grandes Manœuvres* aux studios de Boulogne, *La Meilleure Part* au barrage d'Aussois, près de Modane, et les aventures de *Till l'Espiègle* en Suède. De ses pérégrinations, il rentrait épuisé, tard dans la nuit, la grille grinçait, le chien aboyait, il se couchait sans se démaquiller et prolongeait, agité, ses fougueux rêves diurnes. Anne dormait peu, elle avait l'habitude de se lever à l'aube, pour mieux voir la rivière scintiller dans le brouillard, la rosée perler sur l'herbe, et inspecter le parc afin de donner des nouvelles exactes, quand *Il* se réveillerait, « de nos arbres et de nos fleurs ».

Cette maison des bords de l'eau tenait à la fois de la villégiature, de la pépinière, du couvent, de la pouponnière, de la cellule politique — on y discutait ferme, alors, du rapport Khrouchtchev sur les crimes de Staline et de l'entrée des chars soviétiques dans Budapest — mais aussi du phalanstère littéraire. À l'étage, l'ami Claude Roy venait écrire des poèmes pleins d'oiseaux et de vents coulis, ou finir son roman, dont le titre convenait si bien à l'esprit du lieu, *Le Soleil sur la terre*. Georges Perros y vivait à plein temps. Il jetait des notes pour ses *Papiers collés* comme on se débarrasse d'encombrantes pensées, chantait les rôles de Dom Juan, sifflait une fugue de Bach, des mélodies de Schumann, se mettait au piano pour interpréter, avec une bouleversante humanité, un lied de Schubert ou dirigeait, dans le salon vide, un orchestre imaginaire en mimant successivement l'entrée du violon, du violoncelle et des altos. C'était un moraliste agité.

En ce temps-là, il était infatigable et avait encore toutes ses cordes vocales. Cela faisait aboyer sa chienne Zita, une cocker noire, qui était couverte de puces et que Perros, par principe, refusait de laver. « J'étais enceinte d'Anne-Marie, se souvenait Anne, et je fus couverte de puces à mon tour. J'essayai d'expliquer à Georges que c'était très pénible, que ça me rendait nerveuse, toutes ces puces qu'on voyait sauter sans pouvoir jamais les attraper. Mais Georges ne comprenait pas. Il ne m'aimait pas de ne pas aimer les puces. Il était très susceptible. On sentait qu'on lui faisait mal ou qu'on le choquait, qu'on le blessait très vite, pour une broutille. »

Georges Perros, qui avait grandi aux Batignolles dans l'ombre portée d'un jumeau mort à la naissance, habitait Cergy comme on vit chez son frère, un frère de substitution, plus fortuné et moins râleur. Gérard et lui étaient des contemporains, à une année près, et ils se flattaient de porter les mêmes initiales. En apparence, pourtant, tout les opposait : l'un cultivait sa misanthropie, l'autre travaillait sa philanthropie. L'un était dégagé et l'autre engagé. L'un cherchait l'obscurité, l'autre était taillé pour la lumière. Un sceptique-né contre un insatiable euphorique. Et pourtant ils avaient beaucoup en commun ces deux entiers qui détestaient *composer*, étaient acharnés au travail, exigeants, intraitables avec les bluffeurs, plus encore avec eux-mêmes, peu faits pour les manœuvres d'ici-bas, aériens et terriens.

Ils s'étaient connus au Conservatoire d'art dramatique, où Perros (qui s'appelait encore Poulot) entrait en pestant quand Philipe le quittait en riant. C'étaient ces années d'après-guerre qu'on imagine toujours en noir et blanc, ou en sépia. Georges avait obtenu un deuxième prix de comédie qui lui avait valu d'être reçu dans la Maison de Molière, où le futur Alceste s'initia au métier, avec un trac phénoménal, dans le rôle de Basque. L'expérience ne devait guère durer. Le novice, lucide, jugeait en effet qu'il jouait « sans génie » et n'était pas de cette race à se contenter d'être doué d'un joli talent. Mieux il s'y pliait, plus il tenait la théâtralité pour un vice. Sur scène, l'intègre s'inquiétait de trop bien parler faux et craignait de devenir un professionnel de la métamorphose. D'ailleurs, il n'appréciait pas la compagnie des acteurs qui, le plus souvent en vain, guignent la gloire pour tomber très bas, et n'arrivait pas à se débarrasser d'un « goût effréné de l'échec et de la mort ». La vérité est qu'il ne s'aimait pas. Si, à vingt-cinq ans, l'apprenti comédien ne se résignait pas encore, dans ses aphorismes cinglants, à douter de lui, il s'appliquait déjà très bien à se charrier. Il se trouvait une « sale gueule », des yeux méchants, des lèvres boudeuses et des cheveux énervés. Il avait toujours l'impression qu'on se moquait de lui et rêvait d'une « tête de rechange ». Celle de Gérard l'eût volontiers satisfait.

Les deux jeunes hommes, soudés par ce qui les séparait, ne s'étaient plus quittés. Malgré les tournages, les voyages, les vies parallèles, ils trouvaient toujours le moyen de se rejoindre, et passaient des nuits à marcher dans Paris tout en discutant, se disputant, se donnant la réplique. « Comme deux ivrognes », ajoutait Georges, beckettien. « Il passait ses journées à lire, à tout lire : poésie, philosophie, littérature, il écoutait beaucoup de musique, me disait Anne, et c'est certainement lui qui a été le premier à parler à Gérard d'un univers que jusque-là il ignorait. »

Jean Vilar, sur les conseils de Gérard, engagea Perros comme lecteur au TNP. Il devait le rester jusqu'en 1963, rédigeant des centaines de notes qui lui ressemblent, le plus souvent sans appel : « injouable », « imbuvable », « impensable », « ridicule », « vulgaire ». Peu de pièces, peu d'adaptations trouvaient grâce à ses yeux. Les mauvais titres lui inspiraient d'assassins calembours et les piètres alexandrins, des jugements accablés. En une phrase, il savait congédier les prétendants à la scène : « Ce monsieur a tort d'écrire, et de le faire savoir. » Et, à propos d'une traduction de *La Tempête*, de Shakespeare, il eut ce mot magnifique : « Correct. Aucune faute de syntaxe. Mais où est passé le vent ? » Car lui seul, à la pointe du Finistère, en connaissait la musique.

Frédéric, le fils aîné de Perros, a retrouvé récemment, conservées comme des reliques à Douarnenez, les lettres que, depuis 1946, Gérard Philipe adressait à son meilleur ami que, sans cesse, il remerciait d'exister ; d'être là, même quand ils ne pouvaient pas se voir. Cergy, 19 juillet 1957 : « J'aurais aimé te parler longtemps ou plutôt me taire avec toi. Il y a trop longtemps que je me tais tout seul. J'ai constaté qu'au long des mois, des années maintenant, ne se tissent que peu d'amitiés nouvelles, ne se retrouve pas l'amitié. » Jamais Philipe n'eut plus rigoureux, ni plus fidèle confident. De Paris, du Mexique, de Rome, d'Avignon, de Genève, il lui écrivait pour lui raconter ses aventures cinématographiques ou théâtrales, mais aussi pour mesurer, dans les réponses sans indulgence de Georges, la qualité ou les erreurs de ses choix artistiques, pour se prémunir contre toute forme d'orgueil mal placé, contre les tentations de la vanité, pour se rassurer.

Plus le temps lui était compté, plus le doute l'accablait, plus il en appelait à cet écrivain intraitable. Ainsi, de Paris, le 15 janvier 1959, Gérard Philipe envoya ce bouleversant appel au secours : « Georges, c'est trop long. Il ne tenait qu'à moi de te faire signe mais j'attends toujours de bonnes occasions, de meilleures. Le temps... Je voudrais te voir. Tu es en face de moi le seul qui pourrait me donner ma température. Et je crois, et je sais que je suis malade. Ou plutôt que de longue date se préparait cette crise où je me débats. J'ai des remontées, je respire, j'aspire et c'est la noyade aussitôt ou presque. Je me souviens d'avoir désiré être par-dessus tout jovial, je ne suis arrivé qu'à des sourires de commande. Lorsque la détente m'arrive — car elle survient comme débouche un renard devant une assemblée de chasseurs — je suis le premier surpris et je profite. Puis un quelconque déclic me replonge dans un état morne et désamorcé. J'aurais voulu te dire tout ça. Mais puisque la plume court, je la laisse, et la parole encore t'en dira plus. En un mot, me donnerais-tu un coup de fil le matin à Danton 75 54, et l'on se verrait ? Ton ami Gérard. »

Le 3 septembre, de Ramatuelle, il lui écrivit, une dernière fois : « J'ai hâte de te coudoyer. » Le 25 novembre, il s'éteignit rue de Tournon, *Les Troyennes* d'Euripide à la main, après avoir souligné cette réplique d'Hécube : « Parmi les heureux de la terre, ne connaissez personne comme favorisé du sort avant qu'il ne soit mort. » Cette année-là, puisque désormais plus rien ni personne ne le retenaient à Paris, « dont l'engrenage est plus penchant que la tour de Pise », ne méritaient sa tendresse et son autorité, Georges Perros prit la décision de s'installer à Douarnenez, face à la mer qui rouspète et fricasse. Avec tous ses regrets. Avec ses souvenirs, encore brûlants, d'un « grand dégingandé », d'un « jeune Achille pétaradant, heureux d'exister et de le faire savoir », d'un « pur-sang, de haute race » que jamais il n'aurait pu imaginer malade, ni couché.

« Il rassemblait en lui toutes les attentes plus ou moins avouées, ouvertes, les attentes "physiques" d'une génération. Il était le corps d'un besoin collectif, qui se définit mal, justement parce qu'il a besoin d'un individu pour se dire. D'où le charme inouï qui émanait de sa personne, la grâce modiglianienne, oui, faite de nonchalance et de sérieux, de tristesse en liberté, de force brute et de langueur. De cynisme et d'amour. Charme et grâce d'un fauve, à la dent aiguë, au sourire — les tigres sourient — déconcertant. » Il écrivit ça dans ses *Papiers collés*. Et il ajoutait, sacrifiant l'hommage à la prière : « Ce sera moins dur de mourir, maintenant, pour ceux qui t'ont aimé. Moins bête. Il y aura là un rendez-vous à ne pas manquer, que nous ne manquerons pas. Gérard, tu n'es pas mort. Tu fais semblant. Nous, nous faisons semblant de vivre, dans la gloire et l'horreur de ce jour, de cette nuit qui t'exaltaient. C'est égal. »

Dès le mois de décembre 1959, comme pour ne pas rompre le fil tendu entre les deux amis, Anne continua de correspondre avec Georges. Elle lui demanda d'écrire à M. Brunet, le jardinier : « Il est très malheureux et je ne me sens pas la force de revoir Cergy. Plus que jamais j'aime le bonheur, et nous avons été heureux. Je vous embrasse. » Dans les lettres suivantes, elle lui confia qu'elle n'avait pas encore la force de parler à ses enfants, de leur dire la vérité. Elle espérait une accalmie qui ne vint pas, un répit qui lui fut refusé, une grâce, un pardon, une rédemption que le temps, obstinément, ignorait. Paris, 1960 : « Les mois qui passent sont bien plus durs que les premiers jours. L'héroïsme, c'est la vie quotidienne. » Paris, 1962 : « Mon état se situe en dehors des notions de bonheur ou de malheur, et puis je tombe dans un marais et c'est épouvantable. J'essaie de gagner l'heure suivante, seulement cela. » Paris, 1963 : « Je respire mieux chaque fois que novembre et décembre sont passés. J'aimais tant l'automne et les fêtes, avant. » Paris, 1977 : « Je redoute toujours novembre, je le vois arriver avec cette date du 9, l'heure de l'opération, les médecins en face de moi, Gérard à côté encore endormi. Les gens même proches se souviennent du 25, moi c'est le 9. Le 25 en découlait. » À quoi Georges répondait avec fatalisme : « Chère Anne, je reçois des cartes d'invitation pour l'hommage du TNP à Gérard. Naturellement, je me vois très mal sur scène avec tous les "amis", ô combien. Gérard m'est beaucoup trop présent, chaque jour, pour que je me permette ce spectacle. »

Peu à peu, la femme qui pleurait son amour et l'homme qui avait perdu son frère devinrent inséparables. Leur correspondance est pleine de larmes et de fous rires. Il aimait *Le Temps d'un soupir*. Elle annotait les *Papiers collés*. Il lui décrivait sa Bretagne, ses fureurs de jeux d'orgue, sa lumière flamande, sa matière « pulpeuse et fruitée », le blanc de chaux et le bleu pêcheur de Douarnenez. Elle lui racontait Ramatuelle, où la chaleur, la mer, les cigales agissaient sur elle comme des « anesthésiques ». Il lui annonçait les naissances successives de ses enfants : « La gosserie pousse. Surtout ses cris. Mais il y a de la vie. » Elle portraiturait beaucoup Anne-Marie et Olivier, « terriblement beaux », « lui » ressemblant, l'un dans les traits, l'autre dans les gestes, et avec, soudain, d'immenses « vagues de tristesse » : « Ce n'est pas possible que je ne le revoie jamais », se révoltait, devant sa mère désemparée, la petite fille blonde. Anne et Georges échangeaient des photos de famille, leurs manuscrits, des livres de chevet, des nouvelles du vieux chien Moustache ou des jardiniers de Cergy — 1975 : « Mme Brunet vient de mourir (diabète et cœur). La maison, où vous êtes toujours dans les souvenirs que je perçois comme derrière une fenêtre fermée, a été vendue mais j'ai pu obtenir de l'État que M. Brunet garde la jouissance de la maison et d'un peu de jardin. Il a aussi l'ancien piano... » Cergy, toujours, comme une rengaine, comme une chanson triste, qui a été trop gaie.

Et puis il y eut la maladie de Georges. Un matin de 1976, on décela des cellules cancéreuses dans sa gorge. On lui enleva les cordes vocales à Laennec. Après quoi, il dut subir, à Marseille, un traitement à la bombe au cobalt. Anne lui envoya un chandail en fil d'Écosse. Georges, qu'insupportait la compassion et qui refusait la rééducation, lui répondit : « Merci du pull. Je rote du Mallarmé aux éducatrices. Qui désespèrent de plus en plus. Le hasard est aboli. » Dans un autre colis, Anne glissa des disques de Charpentier et de Haydn, des livres de Cortázar et *Narayama,* de Fukazawa. Lui, résistait par l'humour : « Comme j'ai eu raison, sans vouloir le savoir, de prendre des habitudes de solitude, écrivait-il à Anne. Vous vous rendez compte, si j'avais eu des ambitions politiques, me voilà ministre du silence. »

Il n'était pas angoissé pour lui, mais pour Tania et leurs enfants. Anne me raconta le jour où, bouleversée, elle assista, à l'hôpital, après la première opération, à la visite de Frédéric. Georges avait son ardoise magique à la main. Ils se regardèrent. Georges écrivit quelque chose sur l'ardoise, la tendit à son fils aîné et ils pleurèrent, sanglotèrent dans les bras l'un de l'autre. Et Anne d'ajouter : « Le silence allait bien à Georges, mais il faisait mal à ceux qui l'aimaient. »

Quand il rentra chez lui, à Douarnenez, Perros respirait par un trou artificiel dans le cou et portait sur lui un sifflet, pour appeler à l'aide, si nécessaire. 2 août 1976 : « Tania et les gosses se sont habitués à mes chuchotis, son pathétique déplacé. En fait, rien de changé. Je passe toutes les journées dans une baraque champêtre, et là aussi, comme avant, c'est la bagarre avec les murs du langage, du vide, de l'impatience. Dans ce formidable silence tonitruant ! » Anne lui rendait visite en Bretagne. Georges avait besoin de sa tendresse, de « tout ce qui de vous à moi est inaltérable, inoubliable. Nous avons vécu *ensemble*, quoi de plus important, hors du compagnonnage absolu, le si difficile face-à-face de ce qu'on appelle l'amour, peut-être légèrement. C'est sûrement autre chose ». Et le paradis de Cergy, qui revenait dans les lettres comme un leitmotiv, ou un film colorisé : « C'est vrai, pour moi, écrivait Perros, que Cergy me remonte souvent la colonne vertébrale. Et ces voyages ensemble, dans la Ford ! Il y avait là du bonheur. » En septembre 1977, on passa *Fanfan la Tulipe* à la télé. « Les gosses ont voulu le regarder, comment leur refuser ? J'ai donc fait comme eux, écrivait Perros. Mais ça ne va pas sans tiraillements. Difficilement supportable. » Dehors, la mer s'énervait.

Un matin de 1978, Anne me téléphona pour m'annoncer que son ami Georges venait de mourir. Je me mis à le lire, à l'aimer sous sa rudesse, à m'en imprégner, à chercher, dans des ouvrages introuvables et de rares images d'archives, son étrange, indispensable et tempétueuse compagnie. Et quand, en 1999, on me demanda de réaliser un film sur Perros, je voulus que ce fût Anne-Marie, la petite Anne-Marie des bords de l'Oise et des fugues de Bach, qui lût des extraits des *Poèmes bleus* et d'*Une vie ordinaire*, dans les éditions fatiguées que sa mère avait annotées au crayon noir. Jamais un lyrisme de la résignation et une morale de la précarité n'eurent, pour s'exprimer, plus mélodieuse voix. Ni plus fidèle interprète pour lire, sans hausser le ton, cette profession de doute, cette promesse d'anonymat : « Qu'est-ce que la vocation de théâtre ? Peut-être le fait de vouloir se cacher, d'être protégé par un langage, un costume, un maquillage, un décor, dans un monde de complicités qui rejette l'angoisse de l'autre derrière le masque. »

L'écoutant en régie, je me remémorais ce dimanche à la campagne, au bout de l'allée de Cergy, l'étrange mélancolie qui m'avait étreint, ce jour de grand soleil et de puissants parfums. Je n'écoutais pas ce qu'on disait à table, je cherchais en vain les preuves de ce passé dont je ne savais rien, la joie d'Anne enceinte d'Anne-Marie, les roulades gamines de Gérard sur la pelouse, les gestes savants de M. Brunet penché sur ses parterres sans lendemain et, la gorge déployée, Georges Perros qui chantait Bach à tue-tête comme s'il avait enfin trouvé le repaire du bonheur, et avec qui, enfin, le partager.

La cour d'honneur

« Non ! » En mars 1947, sa réponse fuse, elle est sans appel. Jean Vilar ne veut pas aller à Avignon. À trente-cinq ans, ce jeune Sétois qui a été formé chez Dullin, s'est endurci dans la Roulotte d'André Clavé et a fondé sa propre troupe — la Compagnie des sept — a déjà un foutu caractère. Rien du consentant, tout du réfractaire. Il ne se contente jamais de ce qu'on lui propose ; il veut toujours davantage. Ses ambitions sont d'un autodidacte qui ne laisse à personne le soin de gouverner ses passions, de diriger son ardeur, d'infléchir son destin.

« Non ! » répète Jean Vilar à Christian Zervos. Ce dernier, éminent critique d'art, mécène et ami de René Char, s'apprête à réaliser, dans la chapelle du palais des Papes, une grande exposition qui réunit notamment Braque, Matisse, Klee, Miró, Léger et aussi Picasso dont il vient d'établir le catalogue raisonné. Zervos voudrait que ce théâtre fût l'allié substantiel de cette Semaine d'art. Il offre donc à Vilar de reprendre pour un soir, dans la cour d'honneur, la pièce que, deux ans plus tôt, ce jeune talent a créée, jouée et mise en scène au Vieux-Colombier : *Meurtre dans la cathédrale*, de T.S. Eliot. Pour Vilar, ce succès appartient déjà au passé. Il n'aime pas se répéter, se retourner, se revisiter. Et puis ce palais hiératique, lourd d'une telle histoire, de tant d'histoires, ne lui dit rien qui vaille : « C'est un lieu théâtral impossible. » Il l'avait exploré à l'âge de huit ans, grâce à un oncle employé à la SNCF, et l'austérité du monument, la noblesse des escaliers, la noirceur des hauts murs, la froideur des salles, l'entassement des gloires pontificales successives l'avaient terrorisé. Non, décidément, ce projet n'est pas pour lui.

Au terme d'une semaine cardinale, pendant laquelle il a balayé ses appréhensions et accompli en secret sa propre métamorphose, Vilar retourne chez Zervos, rue du Bac. Il accepte soudain de relever le défi, à la seule condition de pouvoir créer un cycle dramatique. Le non est devenu un triple oui. Tactique de guerrier. Car s'il persiste dans son refus de monter la pièce d'Eliot, il offre, en échange, un programme complet : *Richard II*, de Shakespeare, dans la Cour, *L'Histoire de Tobie et de Sara*, de Claudel, au Verger d'Urbain V, et *La Terrasse de midi*, d'un auteur encore inconnu, Maurice

Clavel, au Théâtre municipal. Le festival d'Avignon vient de naître et son patron, quittant à jamais l'insouciance, s'est lui-même adoubé.

Mais tout reste à faire. En six mois, clope au bec et les poings sur les hanches de sa salopette, l'impétrant déplace des montagnes. Il obtient du maire communiste d'Avignon une subvention, prie le colonel qui commande, sur place, le 7e régiment du génie de mettre les pontonniers à sa disposition — ils construiront la scène, longue de dix mètres sur huit, avec des bidons d'essence, des rails de chemin de fer et des madriers recouverts de rideaux et de tapis. Il envoie Maurice Clavel emprunter dix projecteurs de cinq cents watts au théâtre des Célestins : montés sur deux bigues, ils seront cachés par des étendards aux armes de Richard II. Il réquisitionne toutes les chaises disponibles dans les jardins publics du comtat, et même les sacristies. Il demande aux habitants de bien vouloir accueillir chez eux les comédiens et les techniciens. Il fait distribuer sa nouvelle devise, son programme : « Le ciel, la nuit, la fête, le peuple, le texte ! »

Fors les événements *motonautiques* sur le bras mort du Rhône, jamais la ville, depuis le passage sans succès de la Comédie-Française au début des années vingt, n'avait connu une telle effervescence. Nul, il est vrai, n'avait osé s'emparer de la cour d'honneur, espace clos et sombre bordé par la grande baie de l'Indulgence, fermé par l'aile du Conclave, la tour des Anges et l'aile des Grands Dignitaires. Un lieu sévère qui ne s'offrait pas et qu'il fallait conquérir, puis apprivoiser, avant que de prétendre l'habiter. Le 4 septembre 1947, devant 4 818 personnes, Vilar a réveillé le palais de son silence de pierre au moment même où il condamnait les bonbonnières parisiennes, voulait en finir avec « la petite scène italienne où nous nous complaisons depuis trois siècles » et cherchait à faire « respirer » le texte.

Il pensait que le théâtre n'est pas seulement un divertissement, mais qu'il témoigne aussi de l'âme d'une cité et qu'on juge une civilisation à l'aune de son art dramatique. Il aimait que, pour tous, la fête eût son cérémonial, et le spectacle son protocole.

Civique, il désirait servir le public « sans se servir soi-même » et amener, sans démagogie, les spectateurs les plus humbles à découvrir, pour la première fois, les œuvres les plus exigeantes. On sait que ce fils de merciers aurait rêvé de convertir les ouvriers, comme Jean Prévost aspirait à la chevalerie des « gentilshommes prolétaires », mais qu'il féconda plutôt les petits-bourgeois du centre gauche, les cols blancs, les bacheliers, la *middle class* des années soixante.

Spartiate, rigoureux jusqu'à l'intraitable, il voulait dépouiller la scène de tout ce qui la dénature, travaillait sans cesse à la débarrasser des « pâtisseries » en carton, et il tenait que, pour occuper l'espace, on n'a jamais trouvé mieux que l'acteur et son texte. Il se méfiait des relectures qu'on inflige au répertoire et de ces versions modernisantes qui préludent à la trahison des grandes œuvres. Il s'obstinait à signer non pas des mises en scène, mais des régies. Il était fier d'avoir hérité de Firmin Gémier, de Charles Dullin et de Jacques Copeau.

Républicain, il respectait l'État mais détestait les pouvoirs. Il estimait que le théâtre était, comme l'électricité, le gaz et l'eau, un service public. Il pratiquait la décentralisation bien avant que ce fût une loi. Il se prétendait à la fois utopiste et réaliste, acteur et gestionnaire, mais surtout, selon le joli mot de Claude Roy, « directeur de lui-même ». Il croyait à la probité, à la fraternité, à l'honnêteté. Dans Vilar, il y avait, avant l'art, la vie. C'était un homme de haute qualité.

Nul n'ignore combien il fut adulé, on oublie parfois comment il fut détesté. Les directeurs de théâtre l'accusèrent de pratiquer des prix de places trop bas, la droite d'être à la solde des communistes, la gauche d'être subventionné, donc institutionnel, et tous de dilapider l'argent du contribuable. En le conspuant au cri de « Vilar, Salazar ! », en lui crachant au visage, quelques soixante-huitards exaltés par le Living

Theatre de l'opportuniste Julian Beck, eurent raison du vieux marin qui avait pourtant triomphé d'autres tempêtes, d'autres ingratitudes, d'autres formes de solitude. Mais, cette fois, c'était trop, et son cœur lâcha.

Il y a une propension au cliché, de la morale d'escalier, une nostalgie vaine et une manière de confort intellectuel à révérer Jean Vilar, qui repose depuis trente ans dans le cimetière de Sète, face à la mer des regrets dont il continue d'être le précieux et légitime objet.

Car on sait bien qu'il ne reviendra plus ; que l'époque est révolue où, dans les ruines morales et matérielles de l'après-guerre, les Français réclamaient de la grandeur, de la pureté, de la justice et des héros qui eussent, comme Jean Vilar et Gérard Philipe, ces figures du renouveau, des principes, du courage, en somme un physique éthique. On s'accroche alors à une légende, à l'idéal de « l'élitaire pour tous ». On métamorphose l'homme en statue du Commandeur. À l'instar du gaullisme, le vilarisme est souvent le refuge de ceux qui, n'ayant plus d'illusions, se cherchent encore des modèles et ne savent pas toujours que la meilleure manière d'être fidèle, c'est de continuer autrement.

Dans nos conversations résolument tournées vers un passé qu'elle croyait devoir porter à bout de bras, Anne n'en finissait pas de regretter que l'époque ait bradé le mythe du service public ; imposé, contre le règne des auteurs, la dictature du metteur en scène ; sacrifié aux lois cinématographiques du vedettariat ; affublé désormais les comédiens de micros hi-fi ; équipé les scènes d'éclairages électroniques ; exhibé de riches costumes et de luxueux décors avec un mauvais goût et une fortune de parvenu ; transformé enfin les programmes en dépliants publicitaires chics. Parce que tout concourait à dilapider son enseignement, sans cesse elle en revenait à Vilar comme au paradis perdu, au père disparu. Voulait-elle s'en éloigner qu'elle ne le pouvait pas. C'est aussi sous le poids de ce décalogue-là qu'a tenté de grandir Anne-Marie.

Petit-Couronne

Je ne connais les actrices que sur grand écran ou papier glacé. Elles sourient tout le temps. On a l'impression qu'elles ont toujours une caméra ou un appareil photo braqués sur elles. Ça ne les dérange pas. Leur vie privée paraît idyllique. Elles font du sport en jogging blanc, boivent à pas d'heure des cocktails phosphorescents, habitent de vastes maisons où la lumière entre par les baies vitrées, portent à la cuisine des tabliers neufs, et quand elles ont des enfants, elles ressemblent plus à leur grande sœur qu'à leur mère. Parfois, on apprend dans un journal qu'elles étaient très malheureuses et se sont suicidées, mais ça doit être un accident.

J'ai vingt et un ans et, à l'exception des tragédiennes parcheminées, ces héroïnes hâves de nos khâgnes, la Clairon, la Dumesnil, Rachel, Adrienne Lecouvreur et Mlle Mars, les actrices appartiennent à un monde étranger où je n'ai jamais osé m'aventurer et dont je ne parle pas la langue. La seule idée que je m'en fais, je la dois à la Comédie-Française, où ma grand-mère m'a abonné pour mes quatorze ans. L'atmosphère pourpre y est religieuse, on frappe encore les trois coups avec solennité, les sociétaires que l'on applaudit sont si peu des vedettes qu'on dirait de vieux oncles espiègles chargés, le dimanche, d'instruire la famille *au café* et, parfois, l'apparition d'une Agnès pleine de grâce et de feu — Isabelle Adjani, en 1972 — ou d'une Ysé à la voix de velours — Ludmila Mikaël, en 1975 — produit le même effet trouble au balcon ouvragé de la Maison de Molière que le passage, au cœur de l'été, d'une adolescente maquillée dans un village de haute montagne. Les hommes se réveillent de leur torpeur blasée, les épouses persiflent en serrant les lèvres et les garçons de mon âge se font tout un cinéma.

C'est que je viens d'une société fermée et masculine où les femmes ne travaillent guère et ne s'exhibent jamais. Elles ne s'habillent avec ostentation que pour accompagner en ville leur mari, qu'elles tiennent par le bras en prenant soin de toujours observer un léger retrait, et pour aller à la messe au sortir de laquelle il leur incombe de rapporter, de la pâtisserie, le saint-honoré dominical.

Depuis les guerres napoléoniennes, l'on est médecin de père en fils et surtout de beau-père en gendre — de Roux en Danyau, de Bucquoy en Chauffard, de Guillain en Garcin, étonnant escalier dynastique. Il advient que des ingénieurs ou des banquiers entrent dans la famille, mais ce sont des exceptions. Chez nous, la blouse blanche est l'uniforme de rigueur. Le mérite est fondé sur le travail, le respect des valeurs humanistes, les prouesses scientifiques, les actes de bravoure, l'ancienneté acquise dans des professions honorables, il s'étale sur les diplômes, se porte à la boutonnière, se repose *in fine* dans les académies, et ne manque pas de se prolonger à travers une progéniture nombreuse, qui s'égaille et s'égaie dans des maisons de campagne où les bustes en piédouche des aïeux veillent sur les repas à l'ordonnance protocolaire.

De même que les robes cachent les formes, le gris des costumes émonde les sentiments à vif. Être visible, lisible, se faire valoir, se plaire, c'est déjà être condamné à se vendre. La vulgarité menace, la prostitution n'est pas loin. Elle englobe dans sa nébuleuse celles et ceux qui gagnent de l'argent facile, divorcent, portent des couleurs criantes, passent à la télévision, expriment leurs opinions politiques, racontent leur vie en public, et roulent en cabriolets anglais — la loi est Peugeot, modèles 203 et 403, ou Citroën, modèles 2 CV, Ami 6 et DS, l'impératif catégorique exige du noir ou du gris métallisé.

Dans cette principauté autarcique qui fut même transformée en refuge pour enfants pendant les événements de mai 68 et construite sur autant d'interdits que de pilotis, on s'exprime par métaphores et par litotes. En musique, somme toute. L'obstinée faculté au bonheur, l'optimisme militant et l'idéologie caritative ne prédisposent guère à affronter l'hostilité du monde extérieur ni à désigner, par leur nom, les choses qui font mal. Car la vérité n'est pas bonne à dire. On la dissimule sous un vocabulaire aimable, on l'endort avec les finesses d'une grammaire analgésique. Les mots sont les alliés de la médecine, parfois même les instruments de la traumatologie. Ils ont pour fonction de soigner, de traiter, de dédramatiser. Ils résolvent les problèmes insolubles, réfutent ce qui échappe à la norme, éloignent le malin, étouffent les inimitiés, désamorcent les conflits, nient la sexualité, se moquent de la psychanalyse et protègent des orages intimes. Devant un drame incontestable — la mort accidentelle d'un enfant —, dont aucune littérature ne saurait contourner l'implacable cruauté, ni calmer la douleur, on invoque alors le destin et on confie, au Dieu tout-puissant des chrétiens, le sort de l'innocente victime. C'est une famille où les morts cohabitent avec leurs survivants ; pour un peu, comme chez le père Hugo, on leur laisserait une place en bout de table et, le dimanche, une part du saint-honoré.

J'ai grandi chez Mauriac et dans ses dépendances, vinicoles ou célestes, je découvre soudain, avec stupéfaction et beaucoup d'excitation, que le réel est sartrien. Le choc est brutal. Anne ne croit à aucun au-delà, elle conteste toute idée de rédemption, elle n'emploie jamais de mots plus grands qu'elle — l'éternité, l'âme, la béatitude ou le paradis —, elle vit à sa hauteur et mesure, jour après jour, sans trembler, la lente décomposition du corps parfait qu'elle a aimé. Elle interroge les arbres comme d'autres consultent le ciel. Elle ne se laisse réconforter par aucune illusion, par aucune hypothèse de retrouvailles. Elle ne croit pas que le bonheur, c'est du malheur qu'on a jugulé. Elle répète qu'avec elle-même disparaîtra la seule mémoire physique, la seule trace sensuelle de l'homme qu'elle a étendu, dans le costume du *Cid* — pourpoint de velours noir à crevés blancs, cape rouge au col évasé de grand d'Espagne, une orchidée à la place du cœur —, sous la terre oublieuse de Ramatuelle.

Elle ne sacrifie pas non plus, même si de loin elle l'envie, à la religion de la famille, à la communauté du sang. Elle a préféré s'inventer, avec une poignée d'amis et en vertu des affinités électives, une parentèle imaginaire. Elle refuse de ployer sous le poids de l'hérédité, déteste le nom légumier de Navaux qu'elle porte encore sur sa carte d'identité, et se garde bien de retourner dans sa Belgique natale, où sa mère vit seule, qu'elle appelle chaque semaine au téléphone en parlant très fort pour vaincre sa surdité et feindre d'abolir la distance qui les sépare. Elle est de gauche et féministe, elle s'insurge, elle pétitionne, elle adore le luxe mais brocarde les bourgeois, leurs conventions, leur morale, leur goût de la respectabilité, leur nationalisme, leur culture au cordeau. Quand elle est trop classique, la tradition française lui donne l'envie, par réaction, d'être chinoise. Elle préfère le mystère des signes à la clarté de la rhétorique, se cacher que se montrer.

Pour la plupart des miens, à la fin des années soixante-dix, sa fille est une scandaleuse. Déjà mariée, et à dix-sept ans !, donc suspecte. Et puis, comédienne, elle descend de cette tribu de bannis et d'apostats auxquels, du temps de Molière, l'on interdisait des funérailles religieuses et le repos éternel au cimetière. On leur prête des vies licencieuses, des nuits agitées, des ambitions et un égoïsme qui condamnent la famille, le confort, le bonheur. Je ne cherche même pas à contrarier ces préjugés, à renverser la rumeur, à sécher des larmes. Je suis sûr d'elle, de moi, je crois en nous. Mon père est mort, cinq ans auparavant, elle a perdu aussi le sien, on essaie tous deux de se débrouiller avec cette absence monumentale, je suis seul maître de ma vie, qui réclame d'être bousculée et a besoin de tendre, comme un arc, vers l'avenir.

Je pense à tout cela en roulant vers Rouen, dans les premiers jours de juillet 1978. C'est une autoroute que nous empruntions autrefois, chaque été, pour nous rendre dans le Bessin et qui s'arrêtait alors en rase campagne, aux portes de Lisieux. Le voyage durait presque une journée, à bord de la 203 Peugeot qui était dotée d'un clignotant extractible, aussi amusant qu'un coucou suisse. Saint-Laurent-sur-Mer était le bout du monde. Mon grand-père paternel y avait acheté une longue maison blanche au seuil de laquelle il nous attendait, en costume trois-pièces et col dur, même sous le soleil. Il imposait des repas à heures fixes et interdisait que l'on se baignât après. Il fallait, selon lui, respecter un temps de sieste pour ne pas risquer l'hydrocution. Les femmes *indisposées* étaient soumises à la même législation (ainsi l'intimité, dans une famille où elle était si bien protégée, s'étalait soudain sur la plage et s'augmentait, pour les enfants, d'un douloureux mystère). Raymond Garcin, né à Basse-Pointe en 1897, arrivé à Paris avec une bourse en 1915, était un remarquable neurologue (le « syndrome paralytique unilatéral global des nerfs crâniens » est devenu « le syndrome de Garcin » — j'ai toujours été étonné de porter un nom de syndrome), mais aussi un homme austère dont toute l'existence s'était déroulée à la Salpêtrière, division Mazarin, et dans son cabinet sombre de la rue de Bourgogne. Il s'est adouci, il m'a attendri, après la mort de sa femme, broyée sur une départementale dans sa Dauphine. Il n'avait jamais imaginé qu'il vivrait sans elle. Soudain, il s'abandonnait. Il semblait découvrir, quand c'était trop tard, la couleur des jours, le visage de ses petits-enfants, les vertus de la paresse, il plantait son chevalet au sommet de la pointe du Hoc pour peindre une mer légendaire et dessiner un horizon inatteignable. Peut-être pensait-il à sa Martinique natale, où il n'était jamais retourné, à l'oppressante plage cendrée de Saint-Pierre qu'il avait fuie en charrette à bras avec ses sept frères et sœurs, juste avant l'éruption de la montagne Pelée. On vieillit, en pensée, sur les terres qu'on a quittées dans sa jeunesse. On redevient un enfant avant de mourir.

À Rouen, je prends la direction de Petit-Couronne. Près de la maison bancroche de Corneille, on a construit cette année-là — la mode est déjà aux festivals estivaux — un théâtre de verdure. Le soleil se couche sur la pierre pâtissière de l'amphithéâtre. Je m'assieds discrètement au sommet des gradins vides. L'air est doux et sucré. Sur la scène, des techniciens s'affairent, déplacent des pans de décor, essaient des micros. Une ombre se glisse soudain à mes côtés, me frôle comme un chat, me prend le bras, me serre la main et me sourit. C'est Anne, tout émue. Il y a un cadeau sur ses genoux. Un bracelet en or, me murmure-t-elle à l'oreille, qu'elle offrira, ce soir de générale, à sa fille. Elle me raconte qu'à Avignon, la veille de la générale du *Cid*, grisé par sa propre ferveur, Gérard était tombé de la haute scène au cours de la répétition et s'était blessé. Le lendemain, perclus de douleurs, le genou paralysé, le visage tendu, Rodrigue avait dû conduire son armée dans un fauteuil et incarner, à lui seul, tous les amoureux transis du monde sans pouvoir bouger. Mais, allégé par sa jeune voix, transfiguré par la grâce et porté par le rôle, il avait eu cette nuit-là un triomphe et tiré, de son handicap, un atout cœur.

Soudain, dans sa robe bleue d'infante, Anne-Marie entre, côté jardin. Elle ne nous voit pas. De ses longs cheveux d'or, elle a fait un savant chignon. Une perle brille sur son front. Sa bouche mutine, piquée en triangle de trois grains de beauté, prend, avec art et aplomb, la dernière lumière du jour.

CHIMÈNE : Rodrigue a du courage.

L'INFANTE : Il a trop de jeunesse.

CHIMÈNE : Les hommes valeureux le sont du premier coup.

Je regarde avec émotion cette fille de roi, plus fière encore de n'être point aimée, plus noble encore de soumettre ses sentiments au gouvernement de sa vertu, plus triste encore de devoir imposer le silence à sa passion, qui abandonne Rodrigue à sa rivale et allume « leurs feux » pour éteindre les siens.

Mais quel Cid, ce soir, Anne observe-t-elle, du garçon qui tente de se glisser dans l'habit flottant d'un « jeune Mars » ou de celui qui, autrefois, semblait avoir jailli d'un tableau de Vélasquez pour triompher des Maures sous le ciel andalou d'Avignon ? Elle n'avait jamais revu la pièce. Elle s'était ménagée. Elle découvre, presque trente ans plus tard, que Rodrigue avait une fille, et que cette fille pleure aujourd'hui sous les projecteurs d'être trop bien née.

L'INFANTE : T'écouterai-je encor, respect de ma naissance,
Qui fais un crime de mes feux ?
[...]
Impitoyable sort, dont la rigueur sépare
Ma gloire d'avec mes désirs !
[...]
Ô cieux ! à combien de soupirs
Faut-il que mon cœur se prépare ?

La voix d'Anne-Marie résonne sur les gradins de pierre, son timbre est d'une enfantine pureté et elle d'une bouleversante autorité. C'est la première fois que je la vois en scène, en pleine lumière. J'ai soudain l'impression qu'elle m'échappe, qu'elle s'enfuit, que là où elle semble revivre sous un costume d'emprunt et gagner en vigueur, même dans la représentation du malheur, jamais je ne pourrai la rejoindre. Je comprends ce à quoi, désormais, pour l'aimer, je vais devoir m'exercer. Me tapir dans l'ombre quand elle est traquée par la poursuite, me taire quand elle rit aux éclats, me cacher quand elle embrasse avec volupté son partenaire, devenir un étranger, un exclu pour celle dont j'ai partagé la nuit précédente, et surtout, surtout, être impuissant à la calmer quand elle tremble, me retenir de la serrer dans mes bras quand elle s'effondre, m'interdire d'arrêter, pendant qu'elle produit de l'art vivant et lentement sculpte le temps avec ses longs bras, l'infernale, la sublime machine du théâtre. Je me promets, à Petit-Couronne, de n'être jamais jaloux des hommes auxquels elle se donnera sur scène avec toute la conviction de son talent, mais je sais que je souffrirai toujours de ne pouvoir prendre, en coulisses, ma part de trac, d'effroi et de danger. Je m'apprête, ce soir-là, à devenir une béquille inutile, un soutien sans emploi, un amant muet, un guetteur à l'affût. Il ne va pas être facile d'être le compagnon de celle qui a perdu son père si jeune et qui demeure, jusqu'à voir disparaître son prénom, la fille d'un mythe.

Il fait nuit. Le théâtre se remplit dans un bourdonnement énervé de nid de guêpes. On donne *Le Cid* à ciel ouvert, sous « cette obscure clarté qui tombe des étoiles ». Les heures passent, même la nature environnante semble être à l'écoute. Pour finir, Rodrigue l'emporte sur don Sanche, Chimène avoue son amour, l'infante lui donne la main du généreux vainqueur, et don Fernand philosophe : «... Laisse faire le temps, ta vaillance et ton roi. »

Applaudissements. Anne se rapproche de moi, épaule contre épaule, ses yeux sont humides. Si le Cid n'en finit pas de rajeunir, la vraie Chimène paraît soudain s'étonner, à Petit-Couronne, d'avoir vieilli.

Au mois d'août, Anne-Marie quitte son habit d'infante et redevient une jeune fille. Je découvre enfin Ramatuelle. Le rêve s'incarne. C'est une maison rose pâle, toute simple, bordée de lauriers, de pins et de figuiers, qui domine un grand vallon étagé en terrasses et planté de vignes. Le matin, après avoir bu un thé sur la petite table de pierre encadrée par deux néfliers et deux kakis, on va se baigner à l'Escalet, petite pointe de rochers préservée de la foule, au pied de laquelle l'eau est si claire qu'on peut distinguer les oursins et les méduses. On s'y baigne nus. Avant, je n'aurais jamais osé — nouvelle révolution. On déjeune sous la ramade envahie par la glycine et sur de longues tables en mosaïque bleue. On fait la sieste dans les hamacs. On rend visite, en voisins, à René Clair, dont la villa donne sur le golfe de Saint-Tropez ; cloué sur sa chaise longue, le vieil ami évoque pour nous le tournage des *Grandes Manœuvres*, il se souvient que Gérard Philipe, formidable professionnel du trompe-l'œil, feignait très bien de savoir monter mais, à l'instant même où il entendait « Coupez ! », il tombait de son cheval. Clair s'illumine, Anne-Marie réclame d'autres anecdotes, elle est intarissable, elle semble en manque, je l'observe de biais, elle m'émeut si fort.

Le soir, quand la chaleur peu à peu s'évapore, on part se promener dans la colline d'en face, et sa lourde forêt de chênes-lièges, et ses parfums de résine adoucis par le romarin. Parfois, on furète dans le garage, où sont entassées de grandes cantines aux serrures rouillées. C'est là que dorment, dans des effluves d'encens, les trésors du TNP, des costumes, une épée, une mallette à maquillage dont les couleurs ont bavé puis séché, des pièces annotées d'une écriture furtive, d'autoritaires notes de service signées Vilar, des programmes jaunis, des télégrammes bardés de « Merde ! » et cette fine poussière jaune des longues tournées à travers le monde.

La maison n'a pas changé depuis les derniers étés de celui qui, métamorphosé en terrassier ou en plombier, l'a dessinée à son image, à l'image qu'il se faisait du bonheur, quand on ignore combien il est provisoire. Anne-Marie avait quatre ans lorsqu'il est mort. Elle se rappelle ses sourires, sa tendresse, leurs bains de mer, mais avec le temps qui passe, elle n'arrive plus à distinguer ses propres souvenirs de ceux que, dans les journaux et à la télévision, lui renvoient sans cesse des amis, des admirateurs, des historiens et des rumeurs. « Mon passé, dit-elle, ce sont les millions de femmes et d'hommes qui l'ont applaudi, adoré et auxquels il appartient. » C'est comme si on lui avait volé sa mémoire filiale et son modèle paternel. C'est comme si elle n'avait pas eu d'enfance intime. Sauf à Ramatuelle, lieu préservé, tenu secret, à l'invisible entrée duquel se sont arrêtés jadis, par respect et par crainte, les marchands de gloire.

Base aérienne 104

« Jérôme, très cher, je pense à toi, beaucoup, souvent. J'essaie de t'imaginer corps et sentiment, de voir ton regard sur ces choses et le lieu où tu retrouves un livre — Stendhal ? — ou un bout de papier et un stylo. Dans ces cas-là, ce qui sauve c'est de regarder et de voir. Être souris ou aigle. »

J'ai retrouvé par hasard cette lettre d'Anne dans une enveloppe jaunie au libellé cocasse, presque oulipien : « Section 3, chambre 19, Compagnie 1, CIMCA, 48117 BA 104, 93350 Le Bourget. » Elle réveille un passé que j'avais enfoui. Je me souviens vaguement de cette caserne, de cette base aérienne où je faisais mon service militaire. C'était l'hiver de 1978, un hiver glacial. On était rasés, vaccinés au DTTAB (Diphtérie, Tétanos, Typhoïde, Parathyphoïde A et B), réveillés au clairon et endoctrinés comme des nervis. On défilait des journées entières sur les pistes de l'aéroport. On se battait la nuit, dans la neige, avec des pistolets-mitrailleurs chargés à blanc. On apprenait à viser, à tuer. On n'avait pas le droit de téléphoner ni de recevoir de visites. À l'heure de l'appel, on nous distribuait le courrier. Anne-Marie s'ingéniait à trouver des enveloppes de toutes les couleurs, plutôt vives, souvent fluo, bien reconnaissables, augmentées de dessins cocasses, voire coquins, et parfumées à l'eau de Cologne, que l'inflexible sergent, planté sous le mât-drapeau et hurlant mon nom devant tout le bataillon, me tendait avec un mélange de sarcasme et de répulsion.

Anne, dans son mot inquiet, avait vu juste. Cet hiver-là, dans la grande plaine du Bourget et la prison grise de la BA 104, Henri Beyle m'a en effet sauvé. Je n'avais emporté à l'aube, dans la précipitation du départ et l'ignorance de ce qui m'attendait, que trois livres, trois vieux Pléiade jetés au fond du sac comme des habits de rechange ou une trousse de toilette. C'était la *Correspondance* de Stendhal.

Un choix ? Non, un réflexe. Depuis que j'ai douze ou treize ans, chaque fois que la vie tangue, je me réfugie chez lui. C'est le frère jumeau que j'ai perdu, le père qui me manque. Je pourrais écrire de Stendhal ce qu'il confie, en décembre 1810, à sa sœur Pauline : « Tout ce que tu dis est parfaitement en harmonie avec ce que je sens. C'est exactement un autre moi-même que je lis. »

À l'adolescence, j'avais l'illusion de compter parmi ses *happy few*. La plupart des écrivains que j'avais découverts dans ces années de formation étaient trop imposants, encombrants, respectables, pour devenir des complices, ou plutôt pour que je prétende devenir leur complice. Lui seul avait — non seulement dans ses textes intimes, mais aussi dans ses romans — le ton exact de la confidence (c'est une musique très profonde, très secrète, qui emprunte au murmure miséricordieux, à l'admonestation chuchotée, au rire intérieur, aux rumeurs de la nuit et au feulement d'un violoncelle).

J'admirais Flaubert, mais j'aimais Stendhal. J'aimais les femmes de Stendhal, l'Italie de Stendhal, le Cimarosa, le Haydn, le Mozart de Stendhal, les négligences, les répétitions, les adverbes, les fautes grammaticales de Stendhal, l'altitude de Stendhal (tours, prisons, montagnes, clochers), l'insolence, l'ironie, les *pistolétades* de Stendhal, j'aimais par-dessus tout l'idée que Stendhal se faisait de la littérature, c'est-à-dire une extension naturelle de soi, un prolongement du corps, et pas une abstraction. (J'ai toujours trouvé rassurant le jugement de Valéry en vertu de quoi Beyle serait un « type d'esprit », et non un « homme de lettres ».)

Très vite, très jeune, j'ai eu le sentiment que tout ce qu'il avait écrit ajoutait à mon plaisir de vivre, à la qualité de ma vie, et justifiait que je vécusse à ma guise. Même mes ambitions, mes calculs, il les légitimait. Je m'attribuais ses défauts, qu'il excusait. Je compatissais à ses malheurs, dont je souffrais. Et je ne m'inquiétais plus de ma propension à la misanthropie après avoir lu dans une lettre adressée au libraire Levasseur : « Je ne suis pas liant de ma nature ; les hommes m'ennuient pour la plupart. »

À la BA 104 plus qu'ailleurs, Stendhal fut donc mon allié quotidien. Je découvris d'ailleurs pour la première fois que, dans la chambrée ou au réfectoire, le lecteur devenait suspect aux yeux des autres, qu'il était coupable de s'isoler. Il figurait un exilé de l'intérieur, une sorte de proscrit, presque un ennemi. Je mesurai du même coup combien lire, c'était résister, refuser de capituler, vivre au-dessus de soi et des importuns. Si les lettres d'Anne-Marie et d'Anne me faisaient respirer l'air de la liberté, celles de Stendhal furent l'instrument de ma délivrance. (La littérature qui n'aide pas un deuxième classe à se faire la belle et un solitaire à se savoir au moins un ami n'est qu'une petite vanité, une joliesse, un divertissement.)

Moi aussi, j'eusse rêvé de me battre en duel avec un officier pour m'être moqué de l'emphatique « cime indéterminée des forêts » de M. de Chateaubriand et avoir proclamé que le style ne saurait jamais être trop clair, trop simple, trop *maigre*, mais mon régiment ne lisait pas, et semblait même n'avoir jamais lu. Pour donner de la hauteur à ma solitude, je transformais Le Bourget en Civitavecchia et, afin de supporter les combats dans la forêt et les nuits polaires sous la tente, m'imaginais au 6e dragons, traversant les Alpes derrière Bonaparte. Et pour échapper à la promiscuité, je me raidissais, appliquant à la lettre le constat de Stendhal : « On m'estime, mais on ne m'aime pas. »

J'ai oublié l'architecture de la caserne, les noms et les visages des appelés dont je partageais le pestilentiel dortoir, l'uniforme bleu marine, le calot, les corvées, les brimades, les cours de démontage d'un pistolet, les lits au carré, mais je me rappelle, comme si c'était hier, le papier bible maculé de gras, les gros Pléiade réconfortants, ces lettres du siècle passé que j'avais l'impression d'écrire en les lisant et qui furent, durant des mois, ma permission perpétuelle, ma revanche sur le réel, mon gynécée, mon opéra italien, mon code civil et ma morale provisoire, dont le premier principe se trouvait dans une lettre à la comtesse de Tascher : « Lorsque le malheur arrive, il n'y a qu'un moyen de lui casser la pointe, c'est de lui opposer le plus vif courage. L'âme jouit de sa force, et la regarde, au lieu de regarder le malheur, et d'en sentir amèrement tous les détails. Il y a du plaisir à avoir la seule qualité qui ne puisse pas être imitée par l'hypocrisie, en ce siècle comédien. »

Car j'ai encore en tête, vingt-cinq ans après, les phrases qu'envoyait Stendhal à ses proches, ses amis, ses « âmes sensibles » et que sans cesse je me répétais, pour me donner du courage, pour ne pas perdre mon temps, tandis que je marchais au pas dans le vent et au rythme infernal du tambour. Je crois bien que j'en ai tiré, pour toujours, et si exaspérantes soient-elles pour ceux qui me jugent, des *manières d'être*.

Allons vite. Ne jamais tricher avec soi-même. Se soucier de soi, s'examiner, mais sans aucune complaisance. Travailler à se perfectionner. Tendre toujours les filets trop haut. Chasser le bonheur. Avancer masqué, cacher qu'on est un écorché. Garder, malgré l'âge, le don de la vivacité. Mettre de la sécheresse dans la tendresse, et de l'élégance dans la tristesse. Lutter contre le gras et la sensiblerie. Pratiquer la respiration du point-virgule. Ne jamais montrer son émotion, ne pas se donner, quitte à passer pour une personne métallique (alors qu'il traverse, en 1809, Ebelsberg en flammes et que sa voiture roule et cahote sur les corps carbonisés des petits chasseurs, Stendhal se met à jacasser pour ne pas vomir. Dans une lettre à Félix Faure, il a ce mot qui le définit si bien, et me ressemble : « Il résulte de là qu'on me croit un cœur de fer »). Être, non pas égoïste, mais égotiste (à Pauline : « Il faut se faire un bonheur solitaire, indépendant des autres »). Ne pas donner prise à la morosité (à Giulia Rinieri : « Le seul malheur est de mener une vie ennuyeuse »). N'écrire que par nécessité (à Pauline : « Il ne faut écrire que lorsqu'on a des choses grandes ou profondément belles à dire, mais alors il faut les dire avec le plus de simplicité possible, comme si l'on prenait à tâche de les empêcher d'être remarquées »).

Je suis rentré du service militaire plus stendhalien que jamais. De Moscou, le 4 octobre 1812, il avouait à Félix Faure : « Je suis toujours bien ennuyé de mes compagnons de combat. » Beyle, lui, m'en a désennuyé. Je lui suis reconnaissant, par la suite, de ne m'avoir jamais déçu, ni trompé, et de m'avoir donné maintes fois l'occasion de lui être fidèle. Stendhal, mon autre théâtre intime.

Petrograd, 1920

Tu t'appelles Lioudmila, et tu es d'une effrayante, provocante et déplorable beauté. L'ivresse ajoute à ton désespoir, mais aussi à ta lucidité : tu vomis ton époque, ton pays, et nargues, un verre de vodka à la main, ta sœur Marie, cette invisible héroïne de l'Armée rouge dont tu es l'inversion pervertie, le soleil noir.

Tu es trop maquillée sur ton visage blanc, tes lèvres sont rouge carmin et tes grands yeux, plus noirs que l'ébène. Une pute chic ou une petite fille qui jouerait à se vieillir. Tu minaudes, tu cabotines, tu persifles, tu ricanes, tu divagues et tu pleures. De la buée sort de ta bouche peinturlurée. Il fait glacial dans ces appartements vastes et vides de Petrograd, pendant l'hiver de 1920. La Révolution a balayé l'ancien monde russe et, sous les lustres éteints, ses fastes versaillais.

Ton père, le général Moukovnine, malade, bégaie son passé, ressasse sous sa grosse capote militaire ses rêves de gloire et s'accroche à sa mémoire friable en attendant la mort — c'est le génial François Simon au soir de sa propre vie, un beau visage maigre tout en rides et en crevasses où seule la bouche grimaçante rappelle, dans un rictus, celle du père, Michel Simon. Il a ce regard qu'ont les vieillards hébétés quand leur peau se parchemine et que la voix grelotte, quand l'agonie ne distingue plus l'homme de la femme. (Il n'y a que chez les bébés et les personnes très âgées que la différence des sexes s'estompe et capitule.)

Moukovnine s'époumone, il est fier de sa fille Marie qui se bat à la frontière polonaise pour des idéaux dont il ne comprend pas le sens mais dont il aime les superlatifs patriotiques. Et il réserve sa tendresse paternelle à Lioudmila, qui se bat contre les bolcheviques, pour la frivolité et avec les armes de l'ancien régime : la morgue, la haute couture et la vodka. Elle s'est mis en tête d'épouser, parce qu'il est riche, le juif Dymchitz.

C'est une pièce d'Isaac Babel que Bernard Sobel, le directeur brechtien du Théâtre de Gennevilliers, avait réalisée pour la télévision en gros plans, en contre-plongée et à la seule lumière des bougies : la méthode était cruelle pour les visages des princes déchus, des spéculateurs véreux, des officiers du tsar, tous saisis dans leur jus noir et leur clapotante amertume. Sobel avait installé ses caméras dans l'espace monumental et hostile du palais d'Orsay où le froid de l'hiver 1979 pénétrait de partout et giflait les comédiens emmitouflés dans des manteaux, des capes et des visons impériaux.

Ces comédiens, Bernard Sobel les avait choisis pour leur gueule, leur caractère, leur théâtralité, leur rugosité. Ils formaient, pour incarner le cauchemar de Babel, une distribution de rêve : outre François Simon, il y avait Roland Amstutz, Philippe Clévenot, Jean Dautremay, Alain Macmoy, Malek Eddine Kateb, Fred Personne. Formidable galerie de trognes tordues plongée dans une lumière glauque. Musée de cire, roman des illusions perdues, dernier théâtre des vanités dans des salons démeublés et entre des murs où demeure, blanchie, la place des tableaux disparus, des œuvres vendues pour un jambonneau ou du fromage.

Après *Marie*, rédigé en 1934, Isaac Babel n'écrivit plus rien. Ce fut son chant du cygne noir. Arrêté en 1939, conduit à la Loubianka, fusillé en 1941, il n'avait jamais vu sa pièce montée dans l'URSS de Staline. Son dernier mot avait été : « On ne m'a pas laissé le temps de finir... »

Toi, fille de compagnons de route et ardente militante communiste, tu avais lu tout Babel avec exaltation. Tu connaissais bien Lily Denis, qui avait signé l'adaptation de *Marie*. Tu faisais plus que ton travail, tu étais inspirée. Tu avais aimé les conditions sibériennes du tournage, je me souviens que tu suçais des glaçons avec application afin de ne pas souffler trop de buée devant la caméra, tu profitais des pauses où l'on vous servait du thé brûlant pour mesurer avec François Simon le poids de vos pères respectifs, et tu appréciais que l'autorité marxiste de Sobel gouvernât le cynisme et le dévoiement de ton rôle — un rôle de jeune femme perdue, une fois encore, une antihéroïne blessée, une mal-aimée, une répudiée, une condamnée à mort en vain sursis. Violaine aveugle, Jeanne face à ses juges. Une âme déchirée, déchirante. Le joli corps, putréfié à l'intérieur, d'un monde en décomposition. Avait-on assez reproché à Babel de ne pas dessiner de héros positifs et de ne jamais faire apparaître la légendaire Marie, de s'attacher avec une complaisance morbide à Lioudmila, l'ennemie du peuple.

Ce fut sans doute, dans le registre de la candeur et du désarroi, ton plus beau rôle. Tu montrais mieux qu'ailleurs l'étendue de tes dons et la virtuosité de ta cruauté. Tu n'étais plus une jeune fille pure, désincarnée, cette fois ton sourire avait des crocs. Il est pourtant passé inaperçu. Le film exigeant de Sobel fut diffusé en plein mois d'août, un soir de canicule. Gilles Sandier s'était même plaint dans *Le Matin* qu'un tel « joyau » fût donné à la télévision quand elle n'a plus de spectateurs.

On était à Ramatuelle lorsque le film est passé. Il n'y avait pas de téléviseur à La Rouillière. Ce soir-là, allongés dans les hamacs, nous avons observé les étoiles filantes au-dessus des pins parasols. Des vignes d'en bas montait une rumeur stridente et sucrée. Tu étais loin de la fille du général Moukovnine qui s'enivrait dans l'hiver soviétique. Le lendemain, *France Soir* notait que 66 % des téléspectateurs avaient rigolé au *Petit Monde de Don Camillo* avec un indice de satisfaction de 16/20. Seulement 7 % s'étaient intéressés à *Marie*, mais l'indice de satisfaction n'était pas précisé. « Je n'ai vraiment pas de chance », m'as-tu murmuré en enviant l'étincelante fulgurance des étoiles, dans le ciel de ton enfance.

L'Ibis de Fourmies

À la frontière de cette Belgique dont la côte remonte jusqu'à Knokke-le-Zoute, station balnéaire flamande aux usages méditerranéens où Anne-Marie, quand elle était enfant, passa ses vacances, c'était un samedi froid de novembre sans foi ni loi. Une bruine sale ajoutait à l'eau grise de la mer du Nord. Je sortais au petit matin de la gare et marchais le long des quais de Dunkerque, au milieu des containers et des tas de charbon sur lesquels se posaient, avec un air dégoûté, des mouettes trop blanches.

La ville, tracée au cordeau et reconstruite après la guerre avec des matériaux économiques, entrait dans l'hiver en se calfeutrant derrière des rideaux de cretonne et la buée tiède des bars-tabacs. Il planait une vieille odeur de pétrole, de bière et de cimenterie. On se serait cru dans une nouvelle de Bove ou un roman de Simenon, juste après le dénouement. Mais c'est le nom incongru de Claudel, tout plein de terre médiévale, de fruitiers en fleurs et de ferveur chrétienne, qui claquait sur les affiches démodées des tournées Baret devant lesquelles passaient, sans même les regarder, des gens pressés, des ombres furtives, des téléspectateurs. On donnait le lendemain, en matinée, *L'Annonce faite à Marie* au théâtre municipal.

En fait de théâtre, c'était plutôt un hangar rectangulaire, une sorte de dock à spectacles où s'engouffrait le grand mugissement de la mer. J'y entrai au moment où, devant Pierre Franck, son metteur en scène, Anne-Marie répétait le prologue. Elle donnait sa bague en or à Pierre de Craon pour qu'il édifiât une église, elle lui pardonnait de l'avoir désirée, elle si désirable sous sa longue chevelure blonde, et, en guise d'adieu, lui baisait le visage.

Elle était partie de Paris quelques jours plus tôt. La troupe, je m'en souviens, s'était donné rendez-vous au *Jean Bart*, un café de l'avenue Trudaine. Il y avait Jean Davy, qui jouait Anne Vercors avec l'impériale sérénité et la rondeur ducale de ces vieux sociétaires que rien, jamais, ne met en péril ; son autorité parvenait même, certains soirs, à gouverner et à infléchir le lyrisme claudélien. Monique Mélinand, dont le sourire avait subjugué Jouvet et qui, pour être fidèle à sa mémoire, appliquait ses méthodes avec le zèle de la modiste taillant sa robe sur un patron, offrait à la mère une poignante douceur. La noire Mara avait les traits aigus et les grands yeux étonnés de Lissa Pillu. Bruno Pradal campait Jacques Hury, Bruno qui avait gardé son visage juvénile de *Mourir d'aimer*, le film allégorique de nos quinze ans, et semblait, par révolte ou timidité, ne pas vouloir venir à maturité — il s'est d'ailleurs éteint dans la fleur de l'âge, bondissant vers son terme avec une impatience animale. Enfin, il y avait Daniel Sarky, taillé comme un charpentier, un bâtisseur de cathédrales, mais ça n'était qu'une apparence, l'homme cédait plutôt au désabusement et au regret d'une renommée qu'il avait caressée chez Barsacq, Charon, Lorenzi, mais n'avait jamais atteinte.

Les troupes des tournées Baret se reconnaissaient à ces improbables assemblages de jeunes talents en devenir, d'augustes caciques sans emploi, d'anciens rôles-titres blanchis sous le harnais, de récitants caritatifs, de puceaux intimidés par des vieux beaux, de vrais mystiques des tréteaux qui se consacraient à faire voyager les grands textes du répertoire, mais aussi d'authentiques mécréants, condamnés à cachetonner de bourg en bourg pour obvier au chômage saisonnier, feindre d'être surmenés et se faire désirer sur la cassette saturée de leur répondeur téléphonique.

Il était rare, d'ailleurs, qu'un Claudel partît sur les routes de France. Même s'ils étaient catholiques, les poètes ne faisaient guère recette dans les campagnes mauves et moussues où sonnait encore l'angélus. Pour remplir une salle des fêtes, un palais des congrès, une maison du peuple, un centre culturel *polyvalent*, un casino club, une salle de cinéma ou une MJC, les tournées Baret comptaient moins sur les moniales de Monsanvierge, le clan de Combernon et les aveugles de la ladrerie du Géyn que sur *Les Dégourdis de la 11*ᵉ, avec Grosso et Modo, *Un clochard dans mon jardin*, avec Alice Sapritch et Jean-Marie Proslier, *L'Arlésienne*, d'Alphonse Daudet, avec Jacques Dumesnil et Mlle Louise Conte, « sociétaire honoraire de la Comédie-Française », ou *Chérie noire*, de François Campaux, avec Mlle Lisette Malidor, « vedette du Casino de Paris et du Moulin-Rouge, fille des îles pleine de grâce et d'esprit ».

Un car, qui avait vécu et se survivait, stationnait en ronflant devant le *Jean Bart*. La petite troupe y monta dans une ambiance crâne de jamboree, une fraternité de pèlerinage. Anne-Marie avait vingt-six ans, ses canines de lait, et la foi. Ludo, le bâtard coquin et cabot, jappait à ses côtés, il était à la fête. Par la vitre arrière du car qui s'éloignait, elle me faisait de grands signes, elle ressemblait à une enfant qui part en colonie, pour quatre longs mois. Un peu désemparé sur le large trottoir de l'avenue Trudaine, à peine initié à cette vie de saltimbanque que j'avais épousée au printemps précédent dans la maison de verre imaginée par Pierre Chareau (c'était un étonnant liner des années trente, qui est toujours encalminé rue Saint-Guillaume, et une métaphore cinétique des voyages amoureux), je me sentais bien seul, ce jour-là, sur le quai en bitume du vieux Paris. Pour seule compagnie, Anne-Marie m'avait laissé Agathe, sa chatte de gouttière, et fidèle compagne de Ludo. Grâce à elle, j'entrais aussi dans le monde animal.

Je m'étonnais que, depuis l'époque où Molière et les Béjart sillonnaient en charrette les États de Languedoc sous l'égide du comte d'Aubijoux, le rituel de ces représentations itinérantes et de ces voyages de comédiens n'eût pas changé ; que, en 1980, l'on partît encore et toujours de la capitale pour, prétendait-on, édifier la province et divertir le bourgeois dans des villes où les restaurants fermaient à vingt-deux heures et où les chats miaulaient sous les lampadaires. Anne-Marie m'avait laissé son plan de route, c'était une serpentine énervée, dessinée en dépit de toute logique, qui passait notamment par Charleville, Épinal, Cherbourg, Orléans, Saint-Brieuc, Fontainebleau, Périgueux, La Rochelle, Tarbes, Avignon, Montluçon et Bruxelles. La traversée de l'hiver.

J'avais souligné au crayon les noms des théâtres où, chaque soir, je pourrais envoyer des fleurs, des télégrammes et ces « Merde ! »

à répétition qui choquaient tant les employés des PTT, mais aussi toutes les villes desservies par le train où, le week-end, je pourrais rejoindre ma douce Violaine.

Il neigeait sur Dunkerque le dimanche 9 novembre quand Anne-Marie partit pour le théâtre municipal. La salle de mille fauteuils était remplie au quart. Je découvrais avec désappointement, et un peu de colère, le paysage hivernal des matinées dominicales, quand on n'affiche pas Barillet et Grédy et que la météo est hostile : un public clairsemé de cheveux blancs et d'enfants contraints, des somnolences d'après-repas, des familles trop endimanchées pour être à l'aise dans leurs fauteuils, des attentions négligentes, des mastications de caramels, des succions d'esquimaux, des inattentions gutturales, des rots, des éternuements, des bronchites, des catarrhes, un champ de coryza plongé dans l'obscurité. Claudel ajoutait à la caricature : je soupçonnais en effet les premiers rangs d'être passés, sans se changer, de la messe au théâtre, du *Pater noster* à *L'Annonce faite à Marie*, de la communion à la résurrection d'Aubaine. Ils faisaient le plein de sacré, dans une ville qui n'y prédisposait pas.

Anne-Marie entra en scène dès le prologue, elle portait une longue robe de laine blanche et, « à travers les branches en fleurs », paraissait si pure, si transparente, si paisible tandis que résonnait le *Regina coeli, laetare, laetare*. Elle qui avait été élevée dans l'athéisme, la méfiance envers les croyants, et ne devait qu'à ma famille d'avoir approché, avec une curiosité ethnologique et quelques agréments, les mystères et les rituels de la religion catholique, poussant l'audace jusqu'à exiger que l'on se mariât en l'église Saint-Séverin, avait appris, pour la pièce, à faire le signe de croix avec une componction de novice. On l'eût crue. Elle eût même converti des soudards. J'aimais sa manière enfantine de claironner à Pierre de Craon : « Je suis Violaine, j'ai dix-huit ans, mon père s'appelle Anne Vercors, ma mère s'appelle Élisabeth, ma sœur s'appelle Mara, mon fiancé s'appelle Jacques. Voilà, c'est fini, il n'y a plus rien à savoir. Tout est parfaitement clair, tout est réglé d'avance et je suis très contente. »

Dieu qu'elle était belle, ma Violaine, à louer la beauté du monde, à imiter le cri de l'alouette, hi ! hi ! hi ! hi !, à prétendre, avant l'orage, que la vie était heureuse à Combernon où les moissons sont riches et les bêtes lourdes, à croire que les méchants se repentaient, qu'une âme pure avait toujours le privilège et la force d'éloigner le mal.

Au premier acte, Anne Vercors annonça avec solennité son départ pour Jérusalem et confia Violaine à Jacques Hury, que Mara convoitait. Elle surprit le baiser clandestin de Violaine à Pierre de Craon : ce devait être son arme pour briser l'union qu'elle jalousait. À la scène trois du deuxième acte, Violaine donnait rendez-vous à Jacques à la fontaine de l'Adoue. Anne-Marie avait troqué sa robe blanche contre le costume austère des moniales de Monsanvierge, « la dalmatique du diacre ». Elle dit et répéta à son fiancé combien elle l'aimait, pourquoi elle se remettait à lui tout entière, et il lui jura fidélité avec une telle sincérité qu'elle décida de l'éprouver et de lui révéler cette tache de lèpre, à la place du cœur. Aussitôt, Jacques la repoussa, la traita de réprouvée, de fille du diable — et je lisais, sur le visage d'Anne-Marie, qui n'avait rien fait de mal, un désarroi si grand, une souffrance si digne, que j'en fus bouleversé. Il me semblait, à cet instant, que le monde entier abandonnait celle que, déjà, son père avait abandonnée. Je me contenais pour ne pas me jeter sur scène et l'embrasser.

JACQUES HURY : Dites, qu'allez-vous faire, misérable ?

VIOLAINE : Quitter ces vêtements. Quitter cette maison. Accomplir la loi. Me montrer au prêtre. Gagner…

JACQUES HURY : Eh bien ?

VIOLAINE : ... le lieu qui est réservé aux gens de mon espèce. La ladrerie là-bas du Géyn.

JACQUES : Quand cela ?

VIOLAINE : Aujourd'hui. Ce soir même. Il n'y a pas autre chose à faire.

Le rideau tomba, je tremblais.

Au troisième acte, Violaine vivait dans une grotte du pays de Chevoche. Elle était aveugle. Quand elle sortait du bois et rôdait, une cliquette à la main, près du village, on lui jetait des quignons de pain gelé. La nuit de Noël, Mara lui apporta son enfant mort, sa petite Aubaine, qu'elle avait eue de Jacques Hury, devenu son époux. Elle exigeait un miracle. Violaine entra en prière. À minuit, quand les cloches sonnèrent le *gloria* et que résonnèrent, au loin, les trompettes de Charles VII en route vers son sacre, à Reims, Violaine poussa un cri de parturiente, atroce et magnifique. « Ô Mara, un petit enfant nous est né ! »

J'étais en larmes.

Retour de Jérusalem, Anne Vercors foulait enfin sa vieille terre de Combernon. Il marchait lentement. Il était épuisé. Dans ses bras, il portait le corps agonisant de Violaine, de ma femme.

« Enfant de grâce ! chair de ma chair ! Aussi loin que le feu fumeux de la ferme l'est de l'étoile du matin,

Quand cette belle vierge sur le sein du soleil pose sa tête illuminée,

Puisse ton père tout en haut pour l'éternité te voir à cette place qui t'a été réservée !

Vive Dieu si où passe ce petit enfant le père ne passe pas aussi !

De quel prix est le monde auprès de la vie ? et de quel prix la vie, sinon pour s'en servir et pour la donner ? »

Je courus la retrouver dans sa loge, sans avoir pris le temps de sécher mes yeux. J'étais un gamin. Anne-Marie me rendait l'innocence, la compassion, la révolte de mon enfance. Je ne faisais pas de distinction entre le théâtre et la vie, la fiction et le réel. Tout ce que je savais de Claudel, et que je détestais (sa bedaine de petit commerçant pressée sous des jaquettes trop courtes, son hédonisme de ripailleur moustachu, sa prétention plénipotentiaire, sa misogynie, son égoïsme, sa méchanceté, sa vénalité, son refus d'aller aux obsèques de sa sœur Camille, la manière avec laquelle il avait laissé mourir à l'hospice de Vézelay cette Rosalie Vetch qu'il avait tant aimée en Chine, son ode à Pétain, sa passion pour Franco, son obsession du complot « pédérastique » qu'il voyait partout, du mouvement surréaliste au groupe de la NRF), tout disparaissait devant la représentation de ses personnages dans ce grand hall du Nord et la palpitante incarnation de sa foi.

Je serrai Violaine contre mon cœur. Je ne craignais pas la lèpre, moi. Je ne l'abandonnerais pas. Et je lui murmurais en coulisses, tandis qu'elle frissonnait encore dans ses habits de scène, les mots simples de Jacques Hury : « Pauvre enfant ! Je sais que votre père est parti. Et moi aussi je n'ai plus personne avec moi pour me dire ce qu'il faut faire et ce qui est bien et mal. Il faudra que vous m'aimiez, Violaine, comme je vous aime ! » Et il me semblait qu'elle me répondait : « Ne me manquez point, je n'ai plus que vous seul ! »

Mais l'on toquait déjà à la porte de sa loge, des spectateurs attendaient en file indienne, les plus jeunes demandaient à Anne-Marie une dédicace en rougissant et en tendant leur programme, les plus âgés exprimaient leur émotion en quelques mots, il s'en trouvait toujours pour, des roses à la main, évoquer le souvenir d'un *Cid* à Suresnes, d'un *Ruy Blas* à Chaillot et d'un Perdican en tournée dont, lui assenait-on, elle eût hérité. Docile, Anne-Marie jouait le jeu, souriait, remerciait, comprenait. Elle donnait soudain l'illusion d'accepter ce que, plus jeune, elle refusait : porter ce nom dont, autrefois, au cours Périmony, afin que nul ne le sût, elle épelait très vite les lettres, elle concassait avec ses petites dents blanches l'encombrant prestige.

Débarrassée de ses costumes de scène et déjà oublieuse des salves d'applaudissements qu'elle avait reçues, Anne-Marie retournait plus facilement à la vie civile que je ne quittais la terre sacrée des Vercors et le bois obscur de son martyre. Dans le premier troquet venu, elle se jetait sur le châteaubriand-béarnaise arrosé d'un bordeaux quand j'avais encore l'appétit coupé par le « Jette-lui ce michon de pain qu'est gelé, c'est ben assez pour elle ! ». Je ne mesurais pas combien, en trinquant, en lançant à la cantonade des plaisanteries de carabin, en exigeant de Ludo, un sucre à la main, qu'il effectuât les numéros de cirque où excellent d'ordinaire les caniches, elle fêtait sa victoire sur un rôle qui la dévorait, un public qui la guettait, un legs qui lui pesait, et un défi qui la galvanisait.

Tard dans la nuit, lorsque dorment enfin les spectateurs et que se reposent dans leur lit de papier les icônes de la littérature, je faisais l'amour à Violaine, « douce, très douce Violaine », pour qu'elle redevînt Anne-Marie.

Le lendemain, la troupe avait quitté Dunkerque pour Tourcoing, Douai et Béthune. Je regardais partir le car des tournées Baret dans la brume et le froid.

La semaine passait, j'arrivais en même temps que lui à Verdun, où le théâtre municipal paraissait n'avoir pas été chauffé depuis la bataille de Douaumont et les combats de la cote 304. Chaque fois, il fallait remonter le décor dans son nouvel espace, réparer un jeu d'orgues défaillant, s'installer dans des loges spartiates où traînaient encore des fleurs fanées, des faux cils, des rouges à lèvres, des cotons de démaquillage usagés (on devinait le passage d'une chanteuse dévaluée, d'une ancienne vedette de série télévisée ou d'une conférencière, retour de Louqsor — les hommes, eux, ne laissent pas de traces, c'est la raison pour laquelle ils sont si peu émouvants et si volatils), procéder en toute hâte à des essais techniques, des raccords, des ajustements, sacrifier au rituel des filages, s'installer dans des hôtels de fortune — ah ! l'insondable tristesse de l'Ibis de Fourmies sous le ciel bas d'un 15 novembre ! —, défaire des valises pour quelques heures seulement, avec l'espoir d'un illusoire repos, et convaincre un *Coq hardi* ou un *Cheval blanc* quelconque de bien vouloir rester ouvert pour la troupe, après vingt-trois heures.

Plus les salles de spectacle étaient lugubres et les loges miteuses, plus le public demandait à être réveillé de sa torpeur vespérale et plus les comédiens m'épataient. Je crois n'avoir jamais davantage admiré ces artisans du rêve, ces récitants fervents, ces fidèles enfants de Jean-Baptiste Poquelin, que dans cette tournée au cours de laquelle ils imposaient la loi claudélienne contre vents et marées. À force de talent, de volonté et d'abnégation, ces missionnaires finissaient par percer les cœurs les plus endurcis ou les plus fatigués. Je peine à trouver, depuis, autant de charisme aux acteurs qui prospèrent, à heures fixes, dans les théâtres cossus de la capitale, où leurs loges ressemblent à des appartements témoins et où leur public bourgeois est acquis avant même qu'ils soient entrés en scène.

D'Arras à Laval, de Roanne à Nice, de Haguenau à Cachan, de Saumur à Montauban, je ne compte plus les soirs où j'ai vu *L'Annonce*, dont je savais chaque stance aussi bien qu'un souffleur ou une doublure, et qui continuait de m'arracher des larmes à l'instant où Jacques sacrifiait Violaine ; où Violaine ressuscitait Aubaine ; où Anne Vercors fermait les yeux morts de sa fille morte.

J'avais mes habitudes dans les coulisses. Je m'y faufilais à pas de chat. Dans les haut-parleurs, la voix nasillarde du régisseur décomptait les minutes avant l'entrée en scène. Que la salle fût pleine ou clairsemée, Anne-Marie avait un trac phénoménal. Pour réprimer des spasmes, elle essayait d'appliquer les principes de relaxation et d'autosuggestion que lui avait enseignés un prêtre shintoïste, pendant un stage d'hiver au Japon où elle devait se baigner dans la mer glaciale, avec le sourire. Je la guettais sans rien dire, sans rien faire, elle était tendue comme la corde d'un arc, elle avait des gestes de pénitente, Ludo sommeillait aux pieds de cette fragile statue de cristal et semblait la tranquilliser. Au prologue, je me glissais dans la salle en croisant les doigts, en les serrant jusqu'au sang, et en priant le Dieu de Claudel qu'elle fût à la hauteur de son défi, qu'elle atteignît la note pure, le timbre des anges.

Je trouvais à son rôle de la grandeur et, en même temps — l'avenir allait me donner raison —, je craignais qu'elle ne se confondît avec lui, qu'elle n'épousât cette destinée sacrificielle, qu'elle ne s'oubliât.

Agen, Mont-de-Marsan, Chalon-sur-Saône, Salon-de-Provence... Le car, où montaient à midi les comédiens exténués, déphasés, silencieux, et d'où descendait, à la nuit tombée, le même cortège d'officiants au seuil de l'église, continuait son étrange et obstiné voyage de ville en ville, et il fallait encore et encore convaincre, émouvoir, y croire. Certains soirs étaient marqués par la grâce, d'autres retenaient le texte de Claudel à terre, l'empêchaient de décoller. Même après vingt ou trente représentations, la troupe veillait à son magistère, rectifiait une entrée ou une sortie, se jugeait sans indulgence, élevant au cœur de la nuit des tribunaux d'exception dans les chambres d'hôtel pour condamner la prestation décevante d'un « camarade » ou pousser tel autre à « sortir ses tripes », à cesser de « pantoufler ». Le lendemain, le doute, la lassitude gagnaient le car tout entier. Anne-Marie, que parfois n'épargnaient ni l'autocritique, ni le désespoir, ni la sinusite chronique, allait chaque jour au-devant de sa mort théâtrale, s'apprêtait à s'allonger sur la table en bois blond de Combernon, la tête dans le vide, pour psalmodier, entre deux quintes d'agonisante : « Que c'est beau de vivre ! et que la gloire de Dieu est immense ! [...] Mais que c'est bon aussi de mourir alors que c'est bien fini et que s'étend sur nous peu à peu l'obscurcissement comme d'un ombrage très obscur... »

La tournée se termina à Bruxelles, au palais des Beaux-Arts, à la fin du mois de février. Une jacinthe rose à la main, Anne avait rejoint sa fille dans la capitale de son enfance. Ce soir-là, Anne-Marie joua pour elle. Dans les coulisses, après la représentation, elles s'enlacèrent très fort. Elles semblaient l'une et l'autre vouloir se rassurer. Peut-être Anne-Marie, qui n'a jamais su s'aimer, qui ne s'est jamais préférée, attendait-elle de sa mère qu'elle lui murmurât : « Ton père serait fier de toi, vole maintenant, mon Alouette, plus haut, plus haut, le ciel est grand et bleu... », mais pas un mot ne vint troubler, dans le clair-obscur, cette marmoréenne effusion.

J'ai longtemps cherché à traduire les étranges émotions que j'avais ressenties au cours de cette tournée jusqu'au jour de 1995 où j'ai vu *Au beau milieu de l'hiver*, le film en noir et blanc de Kenneth Branagh, infatigable meneur de troupe et enfant prodige de la Royal Shakespeare

Company. Il avait réuni une dizaine de personnages, de l'alcoolique au vieux beau, de la folle tordue à la mal-aimée, du faux fat miné par le trac au vrai gentil trop serviable. Sous la houlette de Joe, un comédien aux abois qui, pour ne pas sombrer, s'improvisait metteur en scène, ils campaient dans une église désaffectée de la campagne anglaise où ils s'apprêtaient, pour Noël et sans chauffage, à jouer *Hamlet*. La sacristie tenait lieu de dortoir, l'abside de décor, les fumigènes de trouvaille scénographique, la sœur de Joe faisait la cuisine, la costumière était une illuminée, les acteurs prenaient des airs *dramatiques* pour répéter ce Shakespeare de patronage et le public local restait improbable. On frôlait la chorégraphie du pathétique, mais Branagh choisissait finalement la parabole romantique sur l'amitié qui a raison de l'humiliation, de l'échec et de la solitude. Quand, le soir de Noël, *Hamlet* se jouait enfin, sans génie mais avec flamme, devant les amis de la famille dans la glaciale église du Surrey, j'étais le premier à applaudir, à être heureux.

S'ils cabotinent, ces comédiens que nous aimons, c'est du verbe *cabotiner* : aller de ville en ville, donner des représentations théâtrales. Ils ont l'enthousiasme ostentatoire des oubliés de la gloire qui ont désappris d'y prétendre, mais pas d'y rêver. Pour faire contre mauvaise fortune bon cœur, ils en rajoutent dans le zèle, les tourments, la vanité. Ils combattent le désespoir quotidien avec une ferveur de croisés. Ils n'ont pas raté leur carrière, ils n'ont pas eu l'occasion de la réussir. Longtemps, ils ont convoité les rôles-titres, mais n'ont fait que les escorter et leur laisser la lumière sur les grandes scènes. Ils s'imaginaient être appelés par Hollywood, ils ont parfois mal vieilli dans les festivals off et les salles des fêtes où, certains soirs, les acteurs étaient plus nombreux que les spectateurs. Même au chômage, ils ne démissionnent pas de leurs illusions : les intermittents du spectacle sont des agités permanents. Pour ne pas perdre leur dignité, ils jouent dans l'intimité la comédie de l'espoir, s'inventent des souvenirs fabuleux et des projets mirifiques, attendent des contrats imaginaires, refusent des scripts qui n'existent pas, demandent des conseils à leurs soi-disant agents, se préparent aux auditions — où ils savent que défileront des centaines d'autres candidats — avec une fébrilité de jeunes mariés et, quand ils ont obtenu un emploi d'arbalétrier aphasique, le *travaillent* comme s'il s'agissait du personnage de Hombourg soi-même. Dans l'inspiration mal placée, certains sont un peu ridicules ; dans la passion communicative, l'ardeur sincère que rien n'épuise, d'autres sont bouleversants. Je dois à Anne-Marie d'avoir pu les admirer dans l'ombre, et de ne pas les oublier.

Le bûcher de Rouen

Tu n'as jamais été si fragile que dans ce rôle où tu bravais tes juges, plus innocente que sur cette scène où l'on te condamnait. Je me souviens de toi comme si c'était hier, tes longs cheveux serrés dans une fine résille, recroquevillée sur ce tabouret, flottant dans des habits d'homme informes et grisâtres qui te rendaient plus fine encore, presque désincarnée, face au public que ton regard, tourné sans faiblesse ni complaisance vers ton propre dénouement, semblait traverser ainsi qu'une vitre opaque.

Penchés vers toi, ma petite alouette aux ailes brisées, se relayant sans cesse pour t'interroger et te perdre, si onctueux dans leurs riches et empesées robes de prélats, l'Inquisiteur te harcelait, le stupide Promoteur n'avait que le mot hérésie à la bouche, et l'évêque Cauchon, au prétexte qu'il voulait t'épargner le bûcher pour ménager sinon son salut, du moins sa carrière, te persécutait avec une batterie de questions dont il croyait qu'elles t'arracheraient, à l'usure, une apostasie. Quant à l'Anglais Warwick, pressé d'en finir, il t'admirait afin de mieux t'accabler. On eût dit des vautours tournoyant autour d'une agonisante.

L'INQUISITEUR : Te crois-tu en état de grâce, Jeanne ?

JEANNE : Si je n'y suis, Dieu veuille m'y mettre ; si j'y suis, Dieu veuille m'y tenir.

Car tu résistais, ma vaillante, de toute la force de ton ingénuité, à leur perversité dialectique, tu opposais ton grand mystère à leurs raisonnements inflexibles, tu te battais, toi que l'on avait désarmée, avec des mots tout simples, lisses comme des galets, des images pieuses, des souvenirs d'enfance, tu en appelais en vain à tes fidèles gaillards, tes robustes soldats, tes taureaux, tes mercenaires sans foi ni loi que l'appât du gain avait finalement détournés, un peu honteux, un peu trop mâles, de ton supplice : Beaudricourt, La Hire, La Trémoille, Xaintrailles, tu clamais alors ta loyauté à un ordre supérieur, tu invoquais saint michel, sainte Marguerite, sainte Catherine, mais ils ne te répondaient pas, tu les avais pourtant bien servis, maintenant ils te négligeaient, tu étais si touchante et si maladroite dans ton obstination gamine, et puis tu finissais par capituler devant ces juges exaspérés, tu étais faite pour les combats à la loyale, les cliquetants assauts dans le petit matin, pas pour les débats théologiques ni les batailles rhétoriques, tu t'abandonnais à l'accusation en courbant l'échine, épuisée et blême tu te condamnais toi-même à être brûlée vive pour fuir ce monde où tu avais vaincu, et qui t'avait vaincue.

À la fin du spectacle, dans les coulisses où je t'attendais, tu sortais hagarde, tu te précipitais dans ta loge où tu t'effondrais devant la glace sans te démaquiller. Tu m'avais habitué à distinguer le théâtre de la vie, là tu semblais ne pas réussir à retirer ton habit de condamnée, à calmer ta douleur de martyre. Tes partenaires chahutaient derrière la porte, plaisantaient un verre à la main, se bousculaient torse nu, fanfaronnaient, soufflaient, suaient, sifflotaient, mais toi, tu restais prostrée et contenais tes larmes en serrant fort ma main inutile.

Tu avais pourtant accepté le rôle de Jeanne, dans *L'Alouette*, d'Anouilh, avec cette euphorique intrépidité, cette insolente audace que l'on prête, dans les livres d'images, à la petite paysanne de Domrémy, quand elle part pour Vaucouleurs. Tu as toujours aimé l'Histoire, ses légendes et ses héros. Aujourd'hui encore, tu dévores d'énormes biographies de reines, de rois, de courtisanes et de jeunes princes, il t'arrive de veiller jusqu'à l'aube en compagnie de ces destins par quoi tu t'introduis dans des cours dont tu connais, jusqu'à feindre d'y prendre part, toutes les intrigues et le savant cérémonial. Plus habituée à fréquenter Corneille, Musset, Claudel et Tennessee Williams, tu avais découvert avec exaltation la pièce de Jean Anouilh, un auteur vers lequel tes origines, ta mère, tes goûts et tes écoles ne te portaient guère, au prétexte qu'il figurait, dans ces années-là, le parangon de l'arrogance droitière et du vaudeville bourgeois. Il te plaisait aussi que ta marraine de théâtre, Suzanne Flon, eût créé le rôle-titre au Montparnasse-Gaston Baty, un an avant ta naissance. Jeanne, d'ailleurs, te ressemblait. Tu en avais les foucades, la fierté, la grâce, la lourde armure, la naïveté butée, aussi. Car il y avait chez toi de la garçonne, de la gigue et de l'Ophélie.

Le soir, je te faisais réciter ton texte. Pour bien l'apprendre, tu te l'appropriais. Tu parlais, toi l'agnostique, de ton amoureux aux grandes ailes blanches dont la voix te commandait de rendre à Charles VII le royaume de France et te priait d'être « assez humble dans la main de Dieu pour accepter ce manteau d'orgueil » (comme cette phrase t'allait bien et comme elle te résume). Quand tu apostrophais tes saintes, il me semblait que j'étais de trop, j'avais l'impression de surprendre un murmure qui ne me concernait pas. Le cœur des alouettes bat trop vite pour les humains.

A Vaucouleurs, tu ne faisais qu'une bouchée du gros Beaudricourt, tu riais de tes propres subterfuges, c'était une scène très drôle. Je me souviens qu'elle me rassurait. Elle contournait le drame et faisait patienter la mort. À Chinon, tu réveillais le gentil dauphin de son sommeil de lâche et de ses parties de bilboquet, tu lui enseignais à avoir du courage et même, allez, de l'ambition, tu lui glissais ton credo à l'oreille : « Dieu ne demande rien d'extraordinaire aux hommes. Seulement d'avoir confiance en cette petite part d'eux-mêmes, qui est Lui. Seulement de prendre un peu de hauteur. Après, il se charge du reste. » Et ça marchait. Charles confiait son armée à une pucelle, tu délivrais Orléans, prenais Troyes et Châlons, faisais sacrer le roi à Reims avant d'être capturée à Compiègne et vendue aux Godons.

Au procès, tu donnais de belles et simples réponses. Tu étais la première étonnée d'avoir parcouru un tel chemin et d'être précédée d'une légende. Mais tu pleurais aussi tous ces pauvres morts que réclamait une victoire, tu ne comprenais pas vraiment comment tu avais pu aimer à ce point les champs de bataille, les cavalcades botte à botte avec tes lieutenants, l'odeur mêlée du sang frais et de l'herbe mouillée du matin, la haine qui travaille au Bien.

La pièce fut créée à Troyes, le 4 juillet 1981 dans une mise en scène de Mario Franceschi.

Louis Arbessier jouait Cauchon, François Maistre, l'Inquisiteur, Jacques Ardouin, le Promoteur, Bernard Lanneau, Warwick, Emmanuel Dechartre, Charles VII, et Didier Pain, Beaudricourt. Tu étais inquiète, comme si ce procès allait être le tien. Tu étais fière, comme si tu te préparais à ta propre condamnation. Tu souffrais déjà de devoir brûler sur scène.

À Troyes, mais également à la Maladrerie Saint-Lazare de Beauvais, la ville dont Pierre Cauchon avait été l'évêque, ou encore au Théâtre de Paris, la pièce qu'on disait vieillie et tendancieuse fut un succès. Tu avais même réussi à émouvoir l'intraitable Jean-Jacques Gautier : « J'ai aimé, écrivait-il, la liberté, la dignité, la luminosité, la franche ardeur de cette jeune vie. Elle a le mélange de grandeur, de modestie, d'orgueil et d'innocence, de transparence et de tranquillité passionnée du personnage. Elle est précise sans avoir l'air de jouer. Elle ne semble pas être *quelqu'un de théâtre*. J'admire sa netteté, je crois à son avenir. » Robert Kanters en rajoutait : « Elle porte la douceur, la force et l'allégresse sans jamais faire sentir le travail de la comédienne. » Tu recevais ces éloges avec la réserve de qui doute encore, et craint de n'être point à la hauteur. Même Jean Anouilh, qui était venu te féliciter un soir dans ta loge et t'avait offert des roses pour te remercier d'avoir su ressusciter une héroïne dont il avait fait le deuil — « Que voulez-vous, chère mademoiselle, les “Poissons rouges” et “Pauvre Bitos” ont éteint Jeanne, ma petite flamme insoutenable et pure ! » —, même Anouilh, si précautionneux, si notarial derrière sa moustache sèche et ses binocles ronds, n’avait pas su te rassurer, te libérer de je ne savais quelle angoisse, quelle insondable fatigue.

Tu avais vingt-sept ans, jamais tu n’avais été plus belle ni plus prometteuse, la vie te concédait enfin la chance qu’elle t’avait jusqu’alors refusée, on parlait désormais de toi sans t’accoler le prénom de ton père ni établir un lien de filiation qui avait, certains jours, le poids cliquetant d’une chaîne. Les propositions se succédaient. En attendant que *L’Alouette* fût reprise en juin 1982 au théâtre de la Madeleine, tu tournais pour le cinéma *Maupassant*, de Michel Drach. (C’était l’époque où nous passions presque tous nos dimanches chez lui et Marie-José Nat, dans leur maison de Garches, on formait une petite famille, on mangeait dans la cuisine, on travaillait avec ardeur à la réhabilitation posthume de Ranucci, on se promenait avec leurs enfants dans les bois, on rêvait de films impossibles, engagés, *vertueux* ; aujourd’hui Michel nous manque, et dans ce manque, il y a l’interrogatif regret que sa filmographie ne ressemble pas à l’homme qu’on a aimé, son extrême raffinement, son humour si français, sa verve, sa culture et sa douleur secrète — c'est un persistant mystère, une vie inaccomplie, une œuvre qui se refuse, un miroir menteur, une destinée sans cesse contrariée, l'image qu'on veut donner de soi et qui ne correspond pas à ce que l'on a été. Il me semble que Michel est mort sans s'être rejoint.)

Drach t'avait confié le rôle de la princesse Potocka, une mondaine qui tenait salon avenue de Wagram. Pour réveiller les dernières ardeurs priapiques de l'écrivain, incarné par Claude Brasseur, tu lui offrais l'acidulé spectacle d'amours saphiques : cette scène dans laquelle toi et Miou Miou êtes nues et lascives sur un grand lit, si convaincantes que le temps s'écoule et que la caméra s'attarde, m'a valu des commentaires gênés ou salaces comme seuls en subissent ceux qui partagent, pour le meilleur et pour le pire, la vie d'une comédienne : « J'ai trouvé ta femme excellente, oui, excellente… » ou : « Je croyais connaître Anne-Marie, eh bien je l'ai découverte… »

Aux hommes allergiques à la routine conjugale, portés sur la polygamie, enclins au voyeurisme, et néanmoins soucieux de moralité, j'ai, depuis, toujours préconisé de vivre avec une actrice à qui la tradition octroie, fût-elle mère de trois enfants, l'irréfutable statut de « Mademoiselle ». Dans la mesure où elle change de visage avec chaque rôle et pousse même la conscience professionnelle jusqu'à feindre de succomber aux bellâtres que les metteurs en scène lui fournissent *sur un plateau*, il faut sans cesse s'exercer, après extinction des feux, à la reconquérir. L'expérience n'est pas de tout repos — car si l'actrice au travail est irascible, l'actrice sans emploi est irritable, et il reste peu de place, entre ces deux états, pour l'abandon —, mais elle a le mérite d'être follement excitante. Pour que le couple tienne et que, tapi dans l'ombre des coulisses, le mari de l'actrice ne souffre pas trop d'une perpétuelle jalousie, il s'agit de bien s'imprégner du *Paradoxe sur le comédien*, de Diderot, et des *Témoignages sur le théâtre*, de Jouvet, où il est rappelé cette évidence que l'illusion est supérieure à la vérité, le dédoublement préférable à l'identification et que, pour bien jouer l'amour, il convient de ne le faire pas.

Il est vrai que, à la même époque, tu te déshabillais aussi à la télévision, à une heure de grande écoute. C'était dans *Le mal court*, d'Audiberti, qu'avait mis en scène Georges Vitaly et où tu reprenais, une fois encore, un rôle qu'avait créé ta marraine Suzanne Flon : celui d'Alarica, la mutine, coquine, piquante, fière princesse désargentée que les conseillers du roi d'Occident humiliaient — c'était toujours Emmanuel Dechartre, décidément destiné aux emplois de monarques faibles et gentils que les femmes, quand elles ont du caractère et ne portent pas de soutien-gorge, terrorisent.

Tu partais aussi tourner sur les rives du lac d'Annecy pour la télévision, je te rejoignais le week-end, on dégustait des filets d'omble chevalier en regardant les cygnes voguer sur l'eau, on se promenait dans les ruelles médiévales d'Yvoire sous le soleil d'hiver, on habitait un petit chalet où il faisait froid, où il faisait bon. Tu semblais en convalescence de Jeanne, dont le souvenir te tiraillait comme une cicatrice au bas-ventre.

C'est alors que, au téléphone, Mario Franceschi t'annonça avec une joie excessive qu'il venait de signer la reprise de *L'Alouette* au théâtre de la Madeleine. La distribution avait en partie changé. Jean Desailly reprenait le rôle de Cauchon, Yvan Varco celui de Warwick, ton ancien professeur Jean Périmony succédait à André Chanal sous la robe du Promoteur et Odile Mallet était devenue la reine Yolande. Jeanne, elle, n'avait pas changé. C'était toi.

Alors que Paris s'allongeait dans l'été sous une lumière verticale, que l'air était mielleux et poisseux à l'ombre des platanes des grands boulevards, et que les seins des filles rebondissaient gaiement sous les robes légères, il te fallait revêtir à nouveau ce triste habit de nonne guerrière dont la seule vertu, disait Jeanne dans sa cellule, était de la protéger des soldats anglais. Mais, plus que les assauts de tes geôliers enivrés et lubriques, plus que la ténacité de tes procureurs, et plus que le jugement du nouveau public de la Madeleine, tu craignais soudain de manquer de force.

C'est quand il fait soleil et que la vie sonne juste que la menace pointe. Tu as toujours pensé que tu ne méritais pas ton bonheur. Ou plutôt que, s'il t'était concédé, tu devais le payer d'une manière ou d'une autre. Toi, la fille de prince, tu te sentais depuis toujours dédaignée par la chance et, dans ton ambition, dans ta quête de reconnaissance, la victime d'une obscure défaveur. Tu enviais la facilité avec laquelle les autres obtiennent ce qu'ils n'ont pas demandé alors que tu redoublais d'efforts pour accéder à un prestige que ton inflexible nature réclamait.

À ceux qui, dans ton dos, parfois même en face, t'enviaient d'être bien née, te jalousaient de porter un nom qui continuait de forcer l'admiration et de nourrir la nostalgie d'un pays en mal de héros juvéniles et bien coiffés, tu répliquais sèchement que cet héritage pesait trop lourd et que, longtemps, on t'avait refusé l'indulgence, la patience, les protections qui sont plus volontiers accordées, par démagogie, aux inconnus. Tu aurais voulu être une fille moderne qui jouât *Le Cid* sans être évaluée à l'aune du Rodrigue d'Avignon. Tu aurais aimé que le succès de *Et la tendresse, bordel* ne fût pas méprisé en vertu de l'exemplaire codicille vilarien. Tu aurais désiré une jeunesse plus insoucieuse, plus oublieuse, plus rêveuse, plus *fautive*, aspirée vers l'avenir sans être toujours encombrée d'un passé autoritaire dont on te rappelait sans cesse que tu devais être la vigilante gardienne. Tu rêvais d'amnésie. Tu luttais pour la vie, pour ta survie. Tu voulais cesser d'être ta propre ennemie. Tu aurais aussi souhaité, je le sais, que ton inflexible mère baissât la garde.

Au début de ces années quatre-vingt, tu commençais enfin de respirer. La tournée de *L'Annonce faite à Marie* t'avait éloignée du Paris où l'on fait et défait les réputations avec des calembours et des cancans. Pour la télévision, tu avais joué la belle indifférente, la comédie des ambitions, la jalousie en littérature et traversé en vélo, avec une insouciance d'Ondine, la France de Giraudoux où l'on venait de diffuser la *Marie* d'Isaac Babel filmée par Bernard Sobel. Tu jugeais suspects tant de bienfaits, guettais l'instant sournois où il te faudrait rendre des comptes comme le paysan, l'index mouillé en l'air, décrète l'imminente menace d'un gros grain.

C'est dans cet état d'esprit que tu es partie pour le théâtre de la Madeleine. Tu n'étais pas habituée à jouer dans une salle aussi cossue, aussi parfumée. Elle avait été celle de Sacha Guitry et d'Yvonne Printemps. Elle était devenue celle de Simone Valère et de Jean Desailly. Tu as répété en mai avec tes nouveaux partenaires. En fait de juges, ils avaient pour toi des prévenances de grands-parents. Un peu raides, un peu bourgeois, mais aimables. Ces attentions ajoutaient à ta tension. Tu ne mangeais presque plus. Ton corps se crispait méchamment.

Le soir de la générale fut un calvaire. Dès ton entrée en scène, tu fus saisie dans le premier monologue de violents spasmes vomitifs. Tu les réprimas comme on muselle un chien dangereux. Tu marquais de longs temps d'arrêt pour recouvrer ta respiration. Ta voix qui, hier, ruisselait, si pure et transparente, entre les rives fleuries d'Anouilh, soudain cahotait, râlait, se reprenait.

« Alors au commencement. » Silence. « C'est toujours ce qu'il y a de plus beau, les commencements. » Inspiration. « À la maison de mon père quand je suis encore petite. » Expiration rocailleuse. « Dans le champ où je garde le troupeau, la première fois que j'entends les Voix. » L'angélus du soir avait soudain la gravité lourde du bourdon.

Tu retrouves un peu de ta fraîcheur dans la scène ludique avec Beaudricourt, et beaucoup de ta fougue face à Charles. Didier Pain et Emmanuel Dechartre sentent que tu as la chair à vif et la voix prompte à se casser, ils mettent dans leurs répliques beaucoup de tendresse et, dans leurs gestes protecteurs, une invisible compassion. La pièce qui se joue n'est plus *L'Alouette*, c'est *Jeanne au bûcher* et *Le Mystère de la charité*, c'est la solitude selon Delteil, le sacrifice selon Péguy, l'ordalie selon Bernanos. Mais aussi Anouilh, lorsqu'il fait dire à Warwick : « Ces deux notes claires, ce chant joyeux et absurde d'une petite alouette immobile dans le soleil pendant qu'on lui tire dessus, c'est tout elle. »

Le lendemain soir, les spasmes sont encore là, plus forts que la veille. En coulisses, où je te guette désormais, j'écoute dans les haut-parleurs le modulé, le froissé, le brisé de ta voix, je mesure, les poings serrés et les yeux fermés pour mieux entendre, le combat secret que tu mènes avec toi-même, contre toi-même. Le moindre silence entre deux phrases m'affole, annonce l'irrépressible venue d'un nouveau spasme. Autour de moi, les techniciens, les comédiens, les figurants ont des airs d'infirmiers en état d'alerte. À la fin de chaque acte, les applaudissements nourris témoignent de ce que le drame de Jeanne cache bien le tien.

Le soir suivant, le médecin de garde, appelé à la rescousse, t'attend dans ta loge. Entre deux scènes, il te fait des piqûres de calcium et de magnésium. C'est du placebo, mais tu veux croire à son pouvoir. Tu te relèves et reprends alors ton rôle comme ton héroïne montait au front, en forçant la voix, moins pour galvaniser ses troupes que pour se convaincre soi-même. La représentation est une guerre effroyable qui se déroule, entre scène et coulisses, à l'insu des spectateurs, qui ont payé pour voir brûler une enfant aux premières loges. Tes palpitations, tes trébuchements, tes absences sont mis sur le compte débiteur de l'accusée dont tu portes trop bien le triste habit. On t'admire d'être si juste. On plaint Jeanne la Pucelle, et moi, derrière le rideau noir, je pleure pour toi.

À minuit, quand on quitte le théâtre, tu es épuisée. Tu ne comprends pas d'où jaillissent ces spasmes, dans quelle plaie obscure, quel lointain pays, quelle révolte intérieure ils étaient cachés et grondaient si fort. Tu ne comprends pas pourquoi, en scène, au plus profond de ton désarroi, tu as l'impression de te dédoubler. C'est, me dis-tu, un sentiment de mort. Tu te regardes jouer. Tu t'écoutes parler. Tu es devenue ton propre fantôme. Tu es détachée de ton corps en mouvement. Tes deux identités s'affrontent, c'est un duel sans merci, devant témoins.

Et puis il y eut cette représentation de haute mondanité où la direction du théâtre avait convié de nombreuses personnalités, dont la princesse Grace de Monaco, à venir assister sous les lambris à l'exécution de la Pucelle. Ce soir-là, malgré mes prières et mes larmes, malgré les piqûres du médecin, malgré le soutien de tes partenaires, tu n'allas même pas jusqu'à Vaucouleurs. Le rideau tomba sur la petite bergère convulsée au visage hâve, dans un couinement d'affreuse mécanique mal huilée et le brouhaha des spectateurs ébaubis.

JEANNE : Mais je ne veux pas faire une fin ! Et en tout cas, pas celle-là. Pas une fin heureuse, pas une fin qui n'en finit plus.

Tu quittas le théâtre dans mes bras. Tu étais légère comme une enfant. À force de ne plus t'alimenter, de régurgiter même ce que tu n'avais pas mangé, d'expectorer de la bile, tu avais la transparence glaciale de Jeanne au cachot. Cette nuit d'été avait une poignante douceur, et un parfum de désespoir. On traversa Paris en silence, très lentement. Parfois, d'un simple geste accablé, tu me demandais d'arrêter la voiture, ouvrais la portière et crachais dans le caniveau ce qui te restait encore de mélancolie. Tu te vomissais. Mon amour n'y pouvait rien, tu étais, cette nuit-là, d'une insondable et irrémédiable solitude. Il ne restait plus rien de la comédienne qui, depuis ses cours chez Périmony, son engagement dans la troupe des Renaud-Barrault, et ses débuts chez Andreas Voutsinas, s'était battue pour imposer un prénom et rivaliser avec le destin. Jamais, en te voyant à ce moment précis, je n'ai davantage pensé à ce cri sans réponse du Christ en croix : « Mon père, pourquoi m'as-tu abandonné ? »

Tu n'es plus retournée à la Madeleine, où la direction, sans doute plus habituée aux indispositions de jeunes filles rangées et aux petites fièvres de grandes bourgeoises, tint ton supplice pour un caprice. On te remplaça au pied levé. L'important était qu'une Jeanne donnât la réplique et que la salle fût pleine jusqu'au balcon.

On te laissa seule, rongée par un mal qui n'avait pas de nom, donc pas de remèdes. Sur les conseils de ton médecin, nous avons exploré, pendant l'été, d'étranges communautés, essayé de singulières thérapies de groupe, visité des homéopathes perchés dans les montagnes cévenoles, rencontré des mentors et des psys aux allures de rebouteux — ces gens étaient si ridicules qu'à leur contact tu avais presque recouvré, par réaction, la joie d'en rire.

C'est finalement à Ramatuelle, sur ton rocher brûlant de l'Escalet, que tu t'es apaisée et réconciliée avec toi-même. Nous avons alors décidé d'avoir un enfant. Gabriel est né l'année suivante. Une promesse de bonheur. Promesse tenue. Une alouette dans le ciel d'azur et sur un bout de terre en paix.

Le Belvédère

Mais quel besoin ai-je, moi dont la nature et l'éducation reposent, jusqu'à la maladresse et l'excès de rigidité, sur la pudeur, l'impénétrabilité, le goût du secret, la détestation de l'épanchement, le mépris des m'as-tu-vu, l'instinctive méfiance, et même la gêne, devant toute manière de logorrhée, quel besoin ai-je de raconter ce qui, en vérité, ne regarde personne ? D'où me vient cette facilité à donner sur le papier ce que je refuse à la vie, cet empressement à faire tomber mes digues l'une après l'autre, à briser mon propre et savant système de protection ?

Je connais les fautifs, ce n'est pas Anne-Marie, qui sait tout de moi et, dans son exigence quotidienne, préfère les actes aux mots, suspectera toujours l'éloquence d'être l'alliée du pharisaïsme, ce sont nos trois enfants, Gabriel, Jeanne et Clément. Il n'est pas une ligne de mes livres que je n'aie écrite pour eux, sans penser à eux. N'étaient, sur la page blanche, leurs petits et dansants profils chinois, sans doute ne serais-je pas allé si loin contre mes principes démodés et mes réticences ataviques.

C'est que j'ai souffert d'avoir un père écrivain qui n'écrivait pas. Tout, dans ses religieuses méditations, dans ses coruscantes études sur la martingale de Saint-Évremond, le destin des passions chez Pascal, la métaphysique du bavardage chez Fontenelle, l'amour et l'absence dans les lettres de Mlle de Lespinasse, les embarras de l'innocence dans *Adolphe* ou le souvenir dans *Dominique*, témoignait du styliste qu'il était (si toutefois l'on veut bien penser avec Chardonne que le style est « une neige fraîche où personne n'a encore marché », que seule vieillit la langue dont le souci est d'emprunter les boulevards à la mode) et montrait combien était vive, délicate, à fleur de peau, sa sensibilité.

Mais je devais le deviner entre les lignes. De la lecture de Mlle de Lespinasse, il inférait que « l'amour est la figure de la privation » et de celle de Péguy, qu'« il faut prendre de l'âge sans vieillir tout à fait ». Quelle part secrète de lui désignait si fort, chez Benjamin Constant, « un certain goût inexprimé pour le malheur » et, chez Stendhal, « la mélancolie de ceux qui attendent trop d'autrui et sont trop désenchantés dans leur attente » ? Peut-être mon père, spectateur intuitif du déclin auquel le bonheur et la beauté sont inéluctablement promis, n'at-il travaillé sur Barrès que pour glisser cet imperceptible aveu : « Quelle détresse ce dut être pour un homme si sensible aux nuances, aux irisations des instants qui passent, de ne pouvoir penser chaque plaisir immédiat que dans sa mort prochaine, dans l'imminence du moment qui suivra ou, si l'on veut, dans la totalité du temps où les moments vont périr à mesure. » Et je remerciais aussi Rivarol de lui avoir inspiré cette saillie, où je le reconnais bien : « Jubilation que procurent à un petit nombre d'hommes de goût le mépris actif des réputations imméritées, l'aversion pour ces filouteries de notoriété si fréquentes en littérature », et qui lui furent épargnées.

Mais j'ai beau humer cette prose où passe encore l'odeur de son tweed, de ses cigarettes blondes et de son eau de toilette, relire cette poignée de textes lumineux, jamais ils n'éclairent l'âme de l'homme qui les a rédigés. Ils sont si compacts, si denses, si serrés (« C'est au lecteur à être doué », commandait-il à propos des savants traités de Paulhan), que l'on dirait des volets de bois clos dont le menuisier négligent eût oublié de percer, en leur milieu, les trèfles et les cœurs. Car ils ne laissent rien paraître de mon père sinon sa redoutable intelligence, son incontestable fierté et son plaisir de briller. Il avait la vertu, après l'avoir brossée, astiquée, restaurée, de restituer comme neuve une œuvre à son auteur, il eût détesté la complaisance actuelle du critique qui ramène à soi les grands textes pour en faire, sur son camping-gaz, son petit frichti. Même s'il est bon.

Or, le temps a passé et il n'a pas calmé mes regrets. Trente ans après sa mort accidentelle, il m'arrive encore de rêver d'avoir, entre les mains, des *Partis pris* moins sévères et plus intimes. Je l'eusse aimé plus souple avec lui-même, plus indulgent pour ses propres défauts et plus confiant dans ses dons. J'admirais, de son vivant, sa circonspection, son mutisme, son cynisme, j'y voyais une forme supérieure d'acuité, mais je regrette maintenant qu'il ne se soit pas abandonné, qu'il n'ait jamais cédé. Pour n'être pas seulement belle, une prose, qui est du vivant, a besoin aussi de craquer.

Je me vois encore, quelques semaines après sa chute de cheval, fouillant comme un voleur dans son bureau rangé au cordeau sur lequel, aujourd'hui, j'écris ce livre. Je voulais des *preuves*. J'enquêtais. Je cherchais des brouillons, des palimpsestes, des lettres, un journal intime, la plus petite trace de l'homme qu'il avait été, du fils de grand patron qui avait choisi la littérature contre la médecine, du khâgneux flaubertien métamorphosé sur le tard en solitaire péguyste, du mari qui avait aimé, du père qui avait pouponné mais aussi pleuré derrière ses lunettes en écaille la mort de mon frère jumeau, du cavalier obsessionnel ignorant combien, par monts et par vaux, il jouait sa propre vie, du quadragénaire déjà *fait*, parvenu à son terme et comme sur le départ, mais non, il n'y avait dans son bureau et le cagibi attenant qu'une maigre correspondance d'éditeur rigoureux, quelques notes de lecture, le portrait interrompu de l'auteur du *Mystère des saints Innocents*, des fiches mnémotechniques pour le passage du deuxième degré d'équitation, et l'ensemble de ses études littéraires dont j'ai tiré, posthume, le seul ouvrage qui fût signé de son nom et au dos duquel, pleine page, la dernière photographie que j'ai prise de lui en forêt me dévisage, me juge, me reproche peut-être cette effusion qu'il condamnait.

J'avais beau inspecter les tiroirs et ses caches en acajou, je ne trouvais rien de personnel dans ses dossiers, rien de viscéral sous ses chemises. Pas de deuxième vie. Aucun aveu de faiblesse. Aucun souvenir dont j'eusse pu être le dépositaire, éphémère et clandestin. Certes, un homme de quarante-cinq ans qui va tomber au galop, s'il prend soin préalablement de panser son cheval, néglige de laisser son testament. Mais eût-il vécu plus longtemps, je ne crois pas qu'il se serait résigné à la confidence. Elle n'était pas dans sa nature. Il en mesurait les périls, au premier rang desquels figurent la vanité et la duperie. Sans doute avait-il rencontré dans les *Mémoires d'un touriste*, de son cher Arrigo Beyle, Milanese, ce beau jeune homme, « fort instruit et parfaitement aimable », qui écrivait ses confessions avec une telle grâce que son confesseur le lui avait défendu en des termes on ne peut plus jésuitiques : « Vous jouissez une seconde fois de vos péchés en les écrivant ainsi. Dites-les-moi plutôt de vive voix. »

C'est pour combler le vide que mon père a creusé, dont j'ai hérité, et pour ne pas, à mon tour, le léguer à mes enfants que j'écris. Ces preuves que je n'ai pas eues, je les produis. Et pousse l'inconvenance jusqu'à les mettre en pleine lumière.

Dans ma famille maternelle on était plus loquace, on se racontait volontiers, nul n'ignorait les maux de ventre de la cousine ou le péché de gourmandise auquel la tante avait succombé, cela horripilait mon père qui, pour échapper à cet exhibitionnisme bon enfant, pour fuir le tableau des sous-vêtements flottant au vent sur une corde du potager, allait se réfugier au fond du jardin afin de lire, derrière des verres fumés et sur un transat — c'était sa tenue de camouflage —, des piles de manuscrits et de journaux. Il s'isolait sous la futaie. Il s'enfermait à ciel ouvert. Pour en avoir été lui-même privé dans son enfance, il ne croyait pas aux mérites ni aux bienfaits de cette mémoire orale qui se transmet, entre chien et loup, tel un fragile trésor. Il répétait le mutisme des siens. Il perpétuait un protocole. Car mon grand-père Garcin ne m'a jamais raconté sa Martinique natale où nos aïeux s'étaient installés dès le XVIIIe siècle, ni comment il avait obtenu, à Fort-de-France, la bourse qui allait lui permettre de faire ses études de médecine à Paris, ni son baptême du feu, comme médecin auxiliaire, dans les tranchées de 1916, ni les travaux de traumatologie cranio-cérébrale que lui ont inspirés, alors qu'il dirigeait sur le front une équipe neurochirurgicale, les victimes de la Seconde Guerre mondiale. D'autres, à sa place, m'en ont fait le récit, mais il manquait, à cette vie de recherche, de dévouement, de miséricorde, à cet apostolat de guérisseur, le tremblé, l'ambré, l'acidulé de la confidence directe. Adolescent, je la guettais en vain, dans son bureau de Saint-Laurent, sur ses lèvres fermées où se consumait toujours une gauloise sans filtre, sans espoir. Mon père tenait de lui, homme intègre mais corseté, cette difficulté à courber l'échine, à ouvrir son cœur, à se confier.

Je sais gré à ma grand-mère maternelle d'avoir, par son exemple rayonnant et volubile, amendé la propension paternelle à l'introversion. Conteuse-née, Bourguignonne façon Colette, gourmande de métaphores, d'apophtegmes, de lyrisme et de subjonctifs, elle transformait sa vie en théâtre perpétuel par la grâce d'une diction et d'un panache qui semblaient avoir été empruntés à la Comédie-Française, époque Jacques

Charron et Louis Seigner. Dans son grand fauteuil d'osier posé sur le gravier de Bray-sur-Seine, elle aimait à se souvenir de son père, Eugène Penancier, avocat des boulangers, sénateur de Seine-et-Marne, vice-président du Conseil et garde des Sceaux sous Daladier, qui dévorait un gigot entier au déjeuner, déchiquetait Stavisky et bouffait du curé — ce père dont elle allait braver l'anticléricalisme militant en allant, à son insu, se faire baptiser à l'église Saint-Séverin (elle en tira une persistante dévotion, qui est l'apanage et la récompense de ceux dont la foi a été une grâce et non un legs). Quand elle avait cessé de faire assister ses petits-enfants aux événements du 6 février 1934, alors que Daladier et Penancier étaient assiégés au Palais-Bourbon, mon grand-père Launay prenait le relais pour mettre en scène la campagne de Russie où l'un de ses aïeux, fidèle de Napoléon, pratiquait déjà la chirurgie. J'ai adoré ces histoires vraies égrenées à l'heure de la sieste, dans la chaleur des étés. On est, toute sa vie, l'enfant des parents qui ont bien voulu nous parler comme à des grandes personnes. Il ne faut pas laisser grandir et puis vieillir ceux qu'on aime dans le silence de la mémoire.

Je vois encore, dans cette clinique du Belvédère où était née Anne-Marie, mes grands-parents maternels, ma mère et Anne Philipe penchés sur le berceau où dormait, quelques instants après que j'eus coupé, en larmes de joie, son cordon ombilical, notre premier enfant, Gabriel. Et je me disais, voilà, il n'est pas seulement né de l'amour d'une femme et d'un homme, il est déjà un enfant chargé d'invisibles et puissants souvenirs, il coule dans son sang du théâtre, de la littérature, de l'art, de la médecine, de la politique, des Antilles, de la Belgique, de la Bourgogne, que sais-je encore, ce n'est pas un ruisseau, c'est un delta.

Aujourd'hui que Gabriel, Jeanne et Clément sont grands, il m'arrive de chercher sur leurs visages, dans leurs comportements, ce qu'ils ont de Philipe, de Navaux, de Garcin ou de Launay. Je les vois découvrir, à la télévision, *Fanfan la Tulipe*, apprendre, dans leurs manuels scolaires, l'affaire Stavisky, caresser du doigt une Histoire où leurs aïeux se sont brûlés. J'ai écrit un livre sur Jean Prévost pour leur montrer que l'esprit de résistance ne valait pas qu'en temps de guerre ; *La Chute de cheval* pour leur prouver que l'on pouvait fonder une passion sur un deuil ; *C'était tous les jours tempête* pour les mettre en garde contre l'ambition quand elle est son seul objet, et cette page pour leur dire ce qui ne se dit pas, ce qui n'est décidément pas à la mode, ce qui suscite les ricanements, ce qu'ils savent déjà : combien ils ont changé ma vie, combien je les aime, d'un amour qui parfois me fait peur. Je voudrais tant être plus distant, moins maternel, plus sévère, moins indulgent.

Dès leur naissance, j'ai eu un irrépressible besoin de les pouponner, de les changer, de les caresser, de dormir auprès d'eux pour leur donner le biberon, de les protéger, de les porter sur mon ventre. Il y a chez moi une tendresse redoutable, exclusive, une panique maladive qu'il leur advienne quoi que ce soit. Je ne juge que leurs qualités, j'ignore leurs défauts. Je n'ose imaginer ce qu'ils seraient devenus si Anne-Marie, sacrifiant parfois jusqu'à sa carrière, n'avait pris en main leur destin scolaire, si elle ne les avait mis en selle à l'époque où je fuyais encore les chevaux, si elle n'avait sanctionné leurs fautes quand je les absolvais, si elle n'avait eu le cran de laisser, dans un avion en partance pour Buenos Aires, Gabriel, alors âgé de douze ans, au prétexte qu'il voulait apprendre à jouer au polo chez un professionnel argentin qu'elle ne connaissait même pas. (Je ne lui aurais pas laissé prendre seul le métro à Paris, elle le confiait à une hôtesse de l'air pour une destination improbable.) Les pères amoureux de leurs enfants ne sont pas de mauvais pères, mais leurs angoisses peuvent être paralysantes.

J'écris, je leur écris, pour tenter sans doute d'être avec eux plus serein, plus vertueux, plus audacieux, plus intransigeant que je ne le suis en vérité, au risque, je le sais, de m'avantager. Et aussi pour qu'ils se souviennent plus tard non pas de moi — quelle importance — mais du père qu'ils ont fait renaître, qu'ils ont réconcilié avec son passé et dont ils ont su préserver, botte à botte sur les chemins buissonniers, main dans la main au coin du feu, la part d'enfance, l'émerveillement de vivre, et la furieuse passion d'aimer.

Ramatuelle

Parfois, il fallait trouver un lieu neutre, une enclave discrète, un café situé entre Ramatuelle et les plages, pour tenir conseil. Anne m'y donnait rendez-vous le matin. Elle voulait comprendre pourquoi, depuis plusieurs jours, sa fille ne lui parlait plus, la rabrouait. Ou pourquoi Anne-Marie avait écrit ce livre — qu'elle prit soin de ne jamais publier, mais qui était sorti d'elle, un printemps, comme on accouche sans péridurale — dans lequel elle évoquait son enfance sans père, sa jeunesse débridée, et l'obsédant sentiment d'être incomprise par sa mère, dont l'autorité et le devoir d'exigence lui étaient insupportables. Anne avait lu le manuscrit et en avait été meurtrie. Elle parlait d'injustice et d'ingratitude. Elle jugeait en outre que les histoires de famille ne doivent pas se dire. Elle voulait s'assurer que cette confession ne paraîtrait pas.

Depuis trente ans, elle vivait avec l'idée que l'essence même du secret est de demeurer secret ; que la notoriété attachée à un nom oblige encore à une plus grande réserve. Soumise très jeune à la violence, la cruauté et l'intrusion perpétuelle des paparazzi, elle avait édifié un mur invisible, mais infranchissable, derrière lequel la veuve camouflait ses souvenirs, et la mère ses enfants. Ce souci de préservation se doublait d'une volonté apologétique : elle voulait que la légende de son mari fût édifiante et le destin d'Anne-Marie et d'Olivier parfait. Sans relâche, elle s'appliquait à l'exemplarité. Elle sculptait sa vie comme on travaille le carrare ou l'ophite ; comme on brode, dans la solitude et la pénombre, une fable mythologique.

Sur la tapisserie de la reine Anne n'étaient représentés, par exemple, ni les actes de collaboration de Marcel Philip pendant la guerre et son exil en Espagne, ni les aventures extraconjugales de Fanfan la Tulipe, ni certains aveuglements idéologiques. Elle avait établi un protocole définitif où entraient le contrat du TNP, les règles du Syndicat français des artistes, les principes du Mouvement de la paix, l'éthique de Spinoza, les vers de Corneille, les poèmes d'Henri Pichette, et la loi d'airain qui protège la vie privée.

Anne-Marie, elle, n'avait pas ce souci, ni cette prudence. Elle refusait de grandir dans l'ombre froide de la statue du Commandeur, au pied d'un socle républicain, un vieux livre de préceptes à la main. Il lui avait manqué d'avoir un père, elle n'allait pas en plus obéir aux injonctions d'un fantôme en grand uniforme. Les conflits avec sa mère étaient inévitables. L'une croyait au ministère du passé, l'autre goûtait la chance d'avoir un avenir. L'une célébrait les privilèges autant que les rigueurs de l'héritage moral, l'autre s'initiait, au lendemain de Mai 68, aux vertus de la révolution et aux parfums de la liberté.

Je me souviens de ces matins clandestins où, face à Anne, je plaidais pour l'idiosyncrasie d'Anne-Marie, ses foucades et même ses erreurs, pourvu qu'elles fussent sincères. Mais c'était en vain. La mère aimait chez sa fille ce que sa fille refusait de lui concéder. Elle cherchait une alliée alors qu'Anne-Marie s'obstinait à vouloir se faire toute seule. Elle avait condamné sa précoce émancipation et jugé d'un mauvais œil, très noir, son premier mariage. Elle l'eût rêvée laborantine, pas libertine. Elle aurait aimé contrôler son destin, comme elle avait accompagné, guidé, tenu droit celui de son mari.

Dans les lettres, que dis-je, les rapports qu'elle adresse à Georges Perros, alors soigné à Marseille pour son cancer de la gorge, Anne dessine sans cesse le portrait d'une jeune comédienne pour qui elle *craint* et dont la sauvagerie l'affole.

16 mai 1976 : « Anne-Marie vient de commencer à jouer *Ruy Blas* sous le chapiteau des Tuileries. Une jeune reine fragile, prisonnière et très belle Ophélie. J'aurais aimé que vous la voyiez. Elle est douée. On verra si elle possède les autres choses nécessaires. » La mère ne veut pas seulement du talent, elle exige aussi la grâce. Du brio, ajouté à de la morale.

Une semaine plus tard, Anne précise sa pensée. « Oui, écrit-elle à Perros, Anne-Marie s'est jetée à l'eau. Je vous l'ai dit, je crois, elle est douée, violente, belle, elle a une présence mais un caractère très difficile, une dureté souvent sèche, un narcissisme qui lui enlève le charme mais qui passera peut-être, toutes les jeunes filles ne le sont-elles pas à un moment ou l'autre. Elle vient de "congédier" son mari et elle se roule pour le moment dans tout ce côté artificiel de certains comédiens. Il faut sans doute qu'elle fasse sa propre expérience et apprenne à vivre. Elle n'est pas heureuse ; quelque part, j'en suis certaine, elle sait ses erreurs. Pas facile d'être la fille de G. (*sic*), et peut-être serait-il là, elle l'enverrait au diable. On ne peut pas savoir. Elle a souvent bien répondu aux pièges qu'on lui tendait. » Pas facile d'être, non plus, la fille d'Anne, qui méprise le théâtre s'il n'est porté par une grande vision politique et les acteurs, s'ils ne sont pas des missionnaires, s'ils ne veulent pas changer la société, s'ils n'ont que le souci de leur propre succès.

Georges Perros est rentré à Douarnenez, où l'attendent, en larmes, Tania et leurs enfants. Il est muet et a le cou brûlé par le cobalt. Il se remet au piano et à son bureau. Le 31 juillet 1976, Anne, pour lui tenir compagnie dans sa maladie, lui raconte ses vacances à Ramatuelle : « Anne-Marie est venue. Belle, si dure et fragile, s'accrochant souvent à des valeurs fausses mais quelque part très lucide, courageuse, volontaire et accrochée très très fort à ce métier. Elle se bat bravement. » La mère est épatée. Elle n'imaginait pas que sa fille serait si opiniâtre, si combative. Mais elle continue à brandir le spectre menaçant des « valeurs fausses » comme, dans sa lettre précédente, elle condamnait le « côté artificiel » du métier de jouer.

En septembre, Anne rend visite à Georges, « ministre du silence », dans sa Bretagne. Ils s'écrivent aussitôt après pour se dire combien ils ont été heureux de se voir, combien ce qui les lie l'un à l'autre est « inaltérable, inoubliable ». La correspondance traverse à vol d'oiseau l'hiver tempétueux. Georges : « Mon petit rouge-gorge, toujours fidèle, et qui vient me dire bonjour dans sa langue, un peu la mienne maintenant, quoique je sois incapable d'émettre le moindre son. Mais je peux me chanter, comme si c'était audible, ce que je veux. Quel égoïste ! » Anne : « Ici, il y a un merle, il vient du jardin du Luxembourg et se pose sur l'unique arbre de la cour qui s'appelle un vernis du japon. »

En janvier 1977, Anne annonce à Georges Perros qu'Anne-Marie va jouer, dans un mois, un rôle dans *La Nuit de l'iguane*, de Tennessee Williams : « Longue période très dure pour elle. Difficile de l'aider et insupportable de la sentir malheureuse, doutant d'elle-même ; crâneuse, solitaire, avec des sentiers de fuite et des alternances de toupet et de grande timidité. » Elle parle de sa fille à Georges, pour qui les falaises et les rochers du grand Ouest n'ont pas de secret, comme d'une pierre étrange, précieuse, brillante, qui lui résisterait et la blesserait. Quelques semaines plus tard : « Anne-Marie s'est cassé le poignet au cours d'une des dernières répétitions de *La Nuit de l'iguane*. Il a fallu l'endormir pour réduire la fracture. Pas une plainte. Et elle jouait le surlendemain. Un petit rôle mais elle est bien. Je n'aime pas beaucoup la pièce. Je ne sais pas si vous la connaissez, mais le couple poétique de la vieille fille et de son grand-père qui errent à travers le monde est bien beau, et Natasha Perry, la femme de Peter Brook, et le vieil acteur anglais dont j'ai oublié le nom, sont excellents et sauvent la pièce de la vulgarité. » *La vulgarité* : mot honni, défaut majeur, tout ce qu'Anne détestait, piège dans lequel tombaient, selon elle, les comédiens, les metteurs en scène, les écrivains, les cinéastes qui s'étaient préférés. Elle ne confie pas cette phobie du renoncement, cette exécration des importants, cette condamnation de la société du spectacle à n'importe qui : Perros n'a pas laissé non de plus de tordre le cou à la facilité, de railler les mondanités littéraires, et s'il a si tôt quitté le théâtre, c'est qu'il ne voulait plus frayer avec les professionnels de la prétention.

Le 26 mars 1977, Anne enfonce le clou, méchamment : « Anne-Marie a bientôt fini de jouer *La Nuit de l'iguane*. Il y a des projets, rien de certain. Elle se bat bien sur le plan de son travail, mais comme il lui est difficile d'être naturelle et occupée à autre chose que d'elle-même. » Comment une comédienne de vingt-trois ans qui débute, qui essaie de se faire un prénom, pourrait-elle ne pas être d'abord occupée d'elle-même ?

Le 27 août de la même année, Anne raconte qu'Anne-Marie tourne « dans une petite dramatique TV pour gagner un peu d'argent à Anvers ! Il y a de meilleurs projets mais tout est si incertain qu'on est saisi de superstition et on n'en parle pas ». Le 7 septembre, Georges lui répond : « Comme je regrette de ne pas connaître Anne-Marie ! » Il meurt, quatre mois plus tard, et est enterré dans un petit cimetière breton, face à la mer.

Dans ces lettres inédites à Perros que je découvre aujourd'hui, et qui me font voir Anne-Marie sous un angle singulier, dans une focale nouvelle, à l'époque où je ne la connaissais pas encore, je suis frappé par les jugements d'Anne, mais aussi par sa perpétuelle inquiétude. Anne fut une mère maladroitement aimante. Dans nos rendez-vous secrets de Ramatuelle, j'essayais de lui dire qu'Anne-Marie l'aimait avec une même maladresse. Mais elle ne m'écoutait pas.

Il a fallu, pour les réconcilier, la naissance de Gabriel. Le visage d'Anne penché, pour l'embrasser, sur celui de sa fille, la main de l'une caressant les cheveux humides de l'autre, est l'un de mes plus beaux souvenirs. Les deux mères capitulaient dans la salle de travail. Ou plutôt se reconnaissaient. Peut-être étaient-elles finalement trop proches, trop ressemblantes dans l'intransigeance et le dégoût de la médiocrité. Devant le nouveau-né, elles parlaient soudain le même langage, celui des mères éprises d'absolu, et j'observais déjà, dans le regard plein de fierté que portait Anne-Marie sur Gabriel, l'éclat des yeux d'Anne, quand elle me confiait : « Dieu qu'elle est douée, je voudrais tant que son talent soit reconnu et qu'elle ait le cran de s'accrocher, de garder la tête haute, ma fille ! »

Trouville, 1990

Gabriel avait sept ans, Jeanne, quatre, et Clément, à peine deux. On venait de découvrir le pays d'Auge avec ce plaisir calme, réconfortant que procure l'étonnement de savoir si proche, si familier, comme s'il nous guettait depuis longtemps, le but de nos escapades et le lieu de nos vacances. J'étais un peu l'enfant du Bessin et Anne-Marie, une fille de la mer du Nord. Trouville nous comblait à mi-chemin avec ses effluves d'algues marines, son port de pêche où, au jusant, les chalutiers dorment de guingois, son marché aux poissons, ses couchers de soleil dans la mer, ses ciels de Boudin, ses bruines tièdes, ses ruelles gris crevette, ses marées basses qui semblent garder sur le sable la trace des pas du jeune Flaubert, sa lancinante et si mélancolique corne de brume, ses mouettes vociférantes, son air de famille, ses cloches du dimanche, et sa fraîcheur du soir. On marchait sur les planches comme le long d'un travelling où l'étonnante succession de manoirs normands à colombages, de chalets helvétiques, de villas gothiques, de tours médiévales, de pavillons mauresques, de loggias anglaises, de moucharabiehs, de minarets, de mâchicoulis figurait, jusqu'à la lourde bâtisse néorococo des Roches Noires, un décor de carton-pâte rongé par le sel et le vent.

Trouville prêtait donc à rêver. On y louait depuis deux ans une maison de pêcheur, tout en hauteur et en torsades, avec de petites pièces qui sentaient la cire à bois et la toile cirée. Les enfants étaient heureux, ils avaient les joues roses et la passion des crêpes. Dérogeant à ses principes, fondés sur la phobie de « la campagne », Anne quittait Paris pour venir les voir grandir et rire sur la plage. Elle poussait les tricycles sur les planches, donnait des biberons à l'aube, achetait des langoustines pour le déjeuner et respirait l'air salé à pleins poumons.

Elle avait perdu, depuis sa récente opération et l'intuition que sa mort se rapprochait, le goût de la canicule, de la mer chaude, de la terre rouge, du sirocco brûlant, du ciel trop pur, des infatigables cigales et des odoriférantes collines varoises. Pour la première fois de sa vie, elle se refusait au soleil, qu'elle jugeait cruel et intraitable après lui avoir trouvé d'innombrables vertus panthéistes et avoir tant aimé qu'il brûlât, à son zénith, les regrets inutiles et les soucis négligeables. Elle l'avait trop désiré, maintenant qu'elle était épuisée, et si vulnérable, elle le répudiait. Elle était lasse de son étouffant prestige et de sa vaniteuse éloquence.

À Trouville, en tenant par la main ses petits-enfants, elle se réconciliait avec la Wallonie qu'elle avait fuie, le Zwin qu'elle avait oublié, les dunes maigres et l'eau froide qu'elle avait détestées, sa mère enfin, dont elle venait de fermer pour toujours les grands yeux et la vieille maison bruxelloise. Elle aussi, petite, mangeait sur la plage des gaufres avec de la crème saupoudrée de sucre-farine et ramassait des coquillages pour en faire d'importables colliers. Elle aussi, comme Gabriel, rêvait de pouvoir un jour galoper dans l'écume à la manière de ces cavaliers, au loin, qui longeaient la mer en suspension, avec élégance. La convalescence lui avait concédé sur le tard cet ultime apaisement : le bonheur de renouer avec un monde où le ciel, chargé de nuages pommelés, tient plus de place que la terre, de se laisser bercer par le mugissement du vent et des vagues, d'accorder son corps au mouvement métronomique des marées, de suivre les chiens qui aboient après les mouettes et, par-delà la digue, d'admirer les lignes plates jusqu'à l'infini.

Anne avait soixante-douze ans, elle reprenait des forces dans cette lumière aux doux reliefs et s'étonnait d'avoir oublié combien, en secret, elle avait la nostalgie du pays de son enfance. On allait d'ailleurs, quelques jours plus tard, après sa mort, retrouver sur son bureau le manuscrit d'un roman interrompu qui se terminait par ces mots pleins de tendresse et de gratitude : « Le temps de la sagesse était venu. Elle contemplait d'un regard d'adieu la seule mer qu'elle avait aimée ; elle saluait sans larmes et sans cris le miroitement mouvant de l'eau, l'étendue infinie de diamants éclatés, la brume bleutée et le corps du jeune homme dont les yeux ne regardaient rien... »

Pour les vacances de Pâques, on avait reloué cette maison modeste située à cent mètres de la plage. Anne devait nous y rejoindre quelques jours après notre arrivée. Les enfants avaient retrouvé leur club Mickey, leur piscine couverte devant le casino, leurs barbes à papa, ils s'esclaffaient en tombant sous les assauts du vent, hurlaient quand la mer détruisait leur château de sable, crânaient sur le tapis sauteur et commençaient, avec une méticulosité d'orfèvre, une nouvelle collection de coquillages promise à l'indifférence et à la poubelle. Le premier soir, on avait dîné face à la mer pour contempler la lente et voluptueuse baignade du soleil rouge. C'était simple et tranquille, la vie à Trouville-sur-Mer. Cela aurait pu durer longtemps si, la deuxième nuit, alors que toute la maison dormait, ou plutôt rêvait, le téléphone n'avait soudain brutalisé notre petit silence :

Olivier annonçait à sa sœur qu'Anne venait d'être victime d'une rupture d'anévrisme. On l'avait retrouvée par terre, dans son appartement de la rue de Tournon. À l'entrée, sa valise était prête pour la Normandie et il y avait des sacs remplis d'œufs en chocolat. Mais c'était pour un autre voyage qu'elle venait de partir, au cœur de la nuit.

Anne-Marie quitta aussitôt Trouville, je restai avec nos enfants et mes angoisses. La journée me parut interminable. Gabriel avait l'âge où l'on pose des questions d'enfant mais où l'on exige des réponses d'adulte. Il aimait Anne, ou plutôt Danne (contraction née du possessif : la voiture d'Anne, la maison d'Anne, les livres d'Anne...), d'un amour cérémonieux ; elle l'aimait d'un amour exclusif et fier, lui attribuait d'office les qualités de Gérard ; elle le regardait avec les yeux du souvenir et l'élevait en petit d'homme, en héritier. Je me souviens des soirs où, à Ramatuelle, elle descendait le vallon jusqu'au lavoir en tenant Gabriel par la main : elle lui apprenait, en se penchant vers sa tête blonde et en faisant de grands gestes, les fruits du figuier, les couleurs de l'olivier, les geignements des geais, le chemin des sangliers et la légende des vieux ceps de vigne qui, lui disait-elle, « dessinent sur la terre les caractères réguliers d'une étrange écriture tracée à l'encre de Chine ». Quand ils remontaient, la nuit était tombée, ils en sortaient tout de blanc vêtus, légers, mozartiens, bavards et souriants.

Au téléphone, Anne-Marie me donnait des nouvelles, elles étaient mauvaises. Anne avait été transportée dans le coma à l'hôpital Saint-Antoine. La maison de Trouville fut fermée et rendue précipitamment. Dans la nuit du dimanche de Pâques 1990, alors que les chrétiens fêtaient la résurrection du Christ et la vie éternelle à laquelle elle ne croyait pas, Anne s'est éteinte comme on s'endort, le temps d'un soupir. Son visage était calme, comme sculpté dans le marbre. La petite chambre de l'hôpital sentait l'ammoniac, où le silence était celui qu'elle avait défini dans *Ici, là-bas, ailleurs* : « L'espace en nous où retentissent des voix que nous sommes seuls à entendre. » Voix ensoleillées et fruitées de Ramatuelle, voix bleues et confidentes de la rue de Tournon, voix de la vie grossie d'autres vies, ces affluents du bonheur. Voix que nous étions seuls à entendre, dans cette grande nuit obscure et révoltante. Anne-Marie déposa un baiser sur le front glacial de sa mère. Elle lui murmura à l'oreille des mots d'amour, des paroles de paix.

Anne voulait être incinérée. La cérémonie, au protocole insupportable pour ceux qui demeurent, eut lieu au Père-Lachaise. Et puis, on emporta l'urne à Ramatuelle. On l'accompagna, traversant à pas lents la rue principale du village, un jour de plein soleil jusqu'au cimetière où, sous la fine pluie de cendre, dormait Lorenzo.

C'est à ce moment-là qu'Anne-Marie décida qu'on achèterait une maison à Trouville. On y avait attendu Anne, on y avait espéré *Danne*. Elle n'était pas venue. Elle aurait tant aimé y voir Gabriel, et puis Jeanne, mettre le pied à l'étrier. Elle aurait marché sur la plage pour croiser, vent debout, nos galops. Le soir, elle aurait raconté à Gabriel la Belgique des années vingt, les étés de Knokke-le-Zoute, le mouvement de la paix, le TNP et le SFA, la cour d'honneur d'Avignon, Till l'Espiègle, Fanfan, Pékin, Hollywood, Cuba et les aventures de Zoé que Gérard lisait, pour l'endormir, à Anne-Marie, à sa maman...

Plus tard, je le sais, elle aurait approuvé notre ensauvagement, le départ de Trouville, où Paris afflue aux beaux jours et qu'il convient de fréquenter l'hiver, pour la campagne ondulée, solitaire, cavalière, qui musarde entre la cuvette de Pont-l'Évêque et les hauteurs de Lisieux, et elle aurait fait découvrir aux personnages de ses romans, ivres du mistral et du soleil méditerranéen, la douceur humide et les perspectives bocagères de cette Normandie encore flaubertienne.

Il m'arrive aujourd'hui de vouloir prolonger, sur le papier, tout ce qu'elle voulait encore écrire, savait si bien célébrer, s'appliquait à enluminer, et qui lui a survécu. Un amour durable et obstiné, des enfants désormais loin de l'enfance, une maison dans les pommiers, des livres de chevet usés comme des corps : par amour, une sonate de Schubert qui défie la raison, une mémoire fidèle, un rosier sur une tombe, un gros chien qui dort près du feu, un mobile de Calder que l'air fait danser, la colombe de Picasso, le « Liberté j'écris ton nom » d'Eluard et de Léger, le Modigliani de *Montparnasse 19*, le Valmont des *Liaisons dangereuses*, et surtout l'éclatant sourire d'Anne-Marie — oui, tout ce qui lui a survécu, mais a perdu, le 16 avril 1990, de n'être plus regardé avec une tendresse d'aquarelliste ni rythmé avec un doigté de pianiste. Il faut alors tendre l'oreille dans la nuit pour comprendre, à notre tour, ce que, sans en rien laisser paraître, Anne percevait si bien : « Il n'entend ni rumeur, ni cri, il ne répond à aucun appel. Mais parfois, dans le silence immobile, un instant, il vient. » Elle vient, aussi.

La pointe du Hoc

C'est, plein ouest, tout près de notre pays d'Auge. Mais l'on ne pense jamais à pousser au-delà de la plaine de Caen. (Nous sommes des cavaliers casaniers. Nous nous réservons pour nos vallons, nos forêts, nos buissons, nos plages. Nous cherchons le lointain dans des paysages de proximité. Un nouveau sentier découvert dans la foulée d'un chevreuil, une futaie où l'on s'égare pour suivre le mystérieux déplacement d'un rai de lumière, un détour par un hameau inconnu, et puis l'intuition vagabonde de nos chevaux, à qui l'on abandonne le plaisir d'inventer, les naseaux frémissants, l'oreille chercheuse, une promenade inédite, suffisent à contrarier toutes les habitudes et à nous donner l'illusion de conquérir le monde, de remonter le temps, de nous perdre. La pratique de l'équitation est un exercice permanent de métamorphose, un sous-ensemble flou du roman d'aventures.)

À Clément, treize ans, haut perché sur ses jambes fines, solitaire souriant, qui s'ennuyait pendant les vacances de Pâques, j'ai donc proposé d'aller voir les plages du débarquement. Direction Omaha Beach. La dernière guerre est à son programme. Il va réviser *in situ*. Moi, sans le lui dire, je révise ma propre histoire. Il pense déjà au soldat Ryan, je cherche encore les preuves de mon enfance.

À Bayeux, premier sursaut. Ce rond-point un peu grandiloquent au milieu duquel s'élèvent les mâts qui portent les oriflammes des armées alliées, c'est celui où, un jour d'hiver, retour d'une énième visite au musée de la tapisserie de la reine Mathilde, ma grand-mère paternelle, avec des petits cris de souris, avait perdu le contrôle de sa voiture. Elle avait dérapé sur la glace et était allée s'encastrer dans un poteau. C'était, je m'en souviens, une Dauphine dorée. Nous en étions sortis indemnes mais hébétés.

Je ne sais pas pourquoi mais, de la même façon que mon grand-père conduit dans ma mémoire, à un rythme de cistude, une énorme Versailles noire dont le moteur ronflait comme un ours, ma grand-mère, Yvonne Garcin, née Guillain, est inséparable de cette Dauphine dont elle maltraitait le changement de vitesse et dont elle agrippait le volant pour se hisser et tenter d'apercevoir la route. Derrière, nous, ses petits-enfants, n'étions jamais vraiment en sécurité. Profitant de notre gourmandise pour excuser ou camoufler la sienne, elle nous gavait de bonbons et de chocolats au cours de ces trajets homériques. Elle a d'ailleurs fini par se tuer, sur une route de campagne, au début des années soixante-dix, dans cette voiture qu'elle ne maîtrisait pas et qui fut son tombeau.

Après Bayeux, je ne reconnais plus mon paysage. J'ai le sentiment désagréable que l'on m'est infidèle, que l'on me trompe. Je me sens *dérouté*. La nationale d'Isigny a été doublée par une quatre-voies, où roulent des convois de voitures étrangères. Sur des écriteaux, le commerce du *D. Day* fait fureur. L'économie de la mémoire, de la victoire, a transformé la région. À la hauteur de Trévières, j'oblique vers la mer et retrouve enfin mes traces sur la vicinale qui descend, sinueuse, mutine, à travers le bocage. J'ouvre la fenêtre et aspire les parfums d'autrefois, ce mélange sucré-salé d'herbe fauchée, de cour de ferme et de pommes à cidre. Dans le dernier tournant, à l'entrée de Saint-Laurent, la maison est là, longue et blanche, volets ouverts.

On l'appelait *La Caravelle*. J'arrête la voiture. Clément s'amuse d'apprendre que, à son âge, je passai là toutes mes vacances. Ou plutôt : il s'étonne à la fois de découvrir que j'ai eu son âge et de comprendre qu'il aura le mien, dans trente ans. J'aime quand son visage doux devient grave et prend soudain l'air perplexe, quand il essaie de se vieillir. Je lui décris la maison de l'extérieur, montre du doigt ma chambre, ou plutôt notre chambre, celle où je dormais avec mon frère jumeau et où je me suis senti si seul, après sa mort ; le bureau de mon grand-père et, à côté du garage, son petit atelier de peinture où se mêlaient confusément les huiles de l'art et celles de la mécanique ; la terrasse herbagée que, une fois la semaine, un homme silencieux coupait à la faux, avec une inquiétante rigueur métronomique ; la haie de platanes sous lesquels la famille rangeait ses Aronde, 203, Coccinelle, traction avant ; et la petite porte devant laquelle, chaque matin, le poissonnier, le boulanger ou l'épicier venaient proposer, en klaxonnant, un marché ambulant. Je guettais le moment où ils ouvriraient les portes de l'estafette, le coffre de la 2 CV : c'était Byzance en livraison.

Dans le jardin, qui me semblait si vaste et qui me paraît aujourd'hui tout petit, je revois, sous un parasol, ma mère dans une robe à fleurs, belle comme une actrice américaine, mon père en short blanc, cambré à la manière d'un officier de l'Empire britannique, et mon grand-père dans cet uniforme qu'il refusait d'abandonner à la canicule : col dur, cravate, costume trois-pièces et chaussures noires. Tous les trois suivaient du regard les sautillements de mon jeune frère Laurent, qui piétinait l'herbe dans un siège en toile relié à la branche d'un hêtre par un gros élastique. Il y avait, dans leur regard, dans leur tendresse, une irrépressible inquiétude. Laurent se balançait, gazouillait, rêvassait, exultait, petit vivant dans l'ombre portée de l'enfant mort.

(Ceux qui opposent l'art figuratif à l'art abstrait n'ont jamais vu ses toiles. Ils ne savent pas combien les deux sont aussi complémentaires et indissociables que la vie réelle et la vie rêvée. Dans ses tableaux imaginaires, Laurent représente en effet très exactement la forme du bonheur, pourvu qu'il néglige les choses d'ici-bas, et le visage de l'espérance, quand il est tourné vers le bleu du ciel. Il décrit ce qui l'habite, où il habite, et que nous ne voyons pas. C'est un pur artiste. Ses alliées substantielles sont les couleurs brûlantes, vibrantes, vivantes. Elles ont eu raison des souffrances secrètes. Elles allègent la mémoire trop lourde. Elles parlent pour lui, dont les mots cherchent toujours une marge blanche où se poser avec la délicatesse du pinceau. Elles fondent et exaltent l'univers parallèle où il a grandi et qu'il ne veut pas quitter. Elles opposent à l'hostilité du monde moderne, qui l'affole, et à l'indifférence de nos époques blasées, qui l'indigne, une exceptionnelle rage d'exister, un bouleversant désir d'aimer. Et elles ont besoin, comme d'une complice, de la lumière du jour : je me souviens d'une exposition de Laurent organisée, un jour de printemps, au dernier étage d'un immeuble parisien ; le soleil entrait par toutes les fenêtres ouvertes, il caressait avec tendresse les ocres, les rouges, les oranges, les bleus, et puis il s'installait, comme chez lui, dans tous ces jaunes d'or, paille, citron, moutarde, serin, vangoghiens, et l'on ne savait plus si c'était le soleil qui éclairait les tableaux de Laurent, ou les tableaux de Laurent qui, à cet instant précis, illuminaient le soleil. Alors, quand il fait nuit dehors, quand le cœur est noir, quand le temps pleure des larmes inutiles, quand la mémoire fait entendre des cris impuissants, c'est vers les toiles de Laurent, mon frère, le plus rayonnant des silencieux, le plus généreux des solitaires, le plus figuratif des peintres abstraits, que naturellement je me tourne : par son art, tout de gratitude, il remercie la vie du talent qu'elle lui a donné et il nous récompense de la pureté qui nous a été refusée.)

À Saint-Laurent, nos seuls voisins, les Deslandes, étaient des cultivateurs. Ils avaient une fille, Fabienne, dont mon cousin François et moi étions amoureux. Nous montions ensemble sur le tracteur pour aller porter de l'eau aux vaches ou ramasser, à travers champs, les berthes de lait. Le soir, nous traversions la ferme, qui empestait la bauge aux cochons, pour aller regarder, à la télévision, *Thierry la Fronde* et *Zorro*. La ferme est devenue une maison particulière, fleurettes aux fenêtres, qui sent le propre. C'est étrange comme, nettoyée de ses mauvaises odeurs, lavée de sa boue d'hiver, et sans ce sifflement aigu de la faux d'été, la mémoire est soudain désemparée, découragée.

La petite route qui descend vers la mer a changé, elle aussi. On l'a élargie. C'était une pente buissonnière, c'est maintenant une avenue pour touristes. Tous les kilomètres, on a planté des musées du débarquement. Pour l'enfant que j'ai été sur la plage de Saint-Laurent dans les années soixante-dix, ces hangars figurent désormais d'immenses débarras. Des foires-à-tout, comme on dit dans le pays d'Auge. J'y retrouve en effet exposées, classées, repeintes, toutes les ferrailles que, vingt-cinq ans après la guerre, des bateaux amphibies couleur rouille n'en finissaient pas d'extraire chaque jour de dessous les vagues, de fonds très troubles, et rapportaient à terre, derrière les dunes. Épaves de barges, de jeeps, de tanks, barbelés, casques, couteaux, fusils, grenades, bombes — sculptures compressées d'une bataille qui ensanglanta la mer et dont les restes, conquis par les algues et les poissons, avaient résisté aux courants.

Je me suis baigné, des étés durant, sur une plage ventée où étaient tombés, sous la mitraille nazie, des milliers de soldats. Parfois, on se blessait les pieds sur des objets contondants, on s'abîmait les mains en faisant des châteaux de sable. Le sol réservait toujours des surprises grises. On foulait la grande Histoire, on se baignait, on riait, on jouait dans l'eau des morts.

Face à la mer, plate et vide ce jour-là, Clément se remémore les premières images de *Il faut sauver le soldat Ryan*, la boucherie, le bruit mat des balles qui percent la peau ou celui, métallique, qui ricoche sur les casques, et moi, je vois encore, à ce même endroit, ma grand-mère, engourdie par sa propre dérive, béate, enfantine, flotter au loin dans sa bouée-canard, car elle ne savait pas nager…

Pour nous rendre à la pointe du Hoc, on longe la côte. Cette petite route n'a pas changé. Elle m'émeut d'être restée la même. Je lui sais gré de m'avoir si longtemps attendu, lui prête aujourd'hui des propriétés humaines. Je roule avec précaution pour qu'elle ait la faculté de reconnaître, derrière le pare-brise, le petit garçon en culottes courtes qui avalait le macadam en vélo, impatient de rejoindre la falaise. De chaque côté, il y a des manoirs et des fermes-forteresses dont la pierre gris clair et le moellon froid rappellent l'austérité de ce Bessin qui ne se donne pas, résiste aux méchantes bourrasques, protège ses secrets au fond de cours trop bien rangées et ne laisse pas l'intrus passer les porches monumentaux. C'est une architecture triste et silencieuse qui ajoutait, sous le ciel gris, aux mystères de mes hivers d'enfance. Je mettais du gothique dans mes effrois, du cérémonial dans mes fugues et du divin dans la grande soufflerie de vent marin.

On est loin des maisons augeronnes à colombages qui abusent toujours un peu du chaume sur la tête et des fleurettes au pied. Qui veulent plaire. Qui continuent de *se vendre*, même quand elles sont achetées. Ici, au contraire, les habitations boudent. Elles sentent le renfermé. Elles ne sont pas complaisantes ni hypocrites. Les hauteurs de Saint-Laurent et de Vierville annoncent le Cotentin et déjà la granitique Bretagne. L'Ouest sauvage commence, pour moi, dans ces champs ingrats et sous ces toits d'ardoise.

À la pointe du Hoc, ce qui me frappe et qui étonne le plus Clément, complice attendri de mon voyage inavoué, ce n'est pas cette étrave de pierre avancée comme une proue dans la mer, ce n'est pas cette falaise de trente mètres qu'ont escaladée à la verticale les rangers du colonel Rudder, ce n'est pas cet à-pic vertigineux, c'est le terrain paisible où l'on pénètre. On dirait un green de golf labouré, retourné. Les bombes y ont creusé d'énormes cratères, entre lesquels les blockhaus sont en ruine et les encuvements des canons de 155 mm, lézardés. Un paysage lunaire. Un prolongement de Verdun. Comme dans *La Vie et rien d'autre*, l'herbe a repoussé sur les plaies vives de la terre, des jardiniers s'appliquent même à la tondre avec soin. Car il convient que cette preuve de la guerre demeure présentable. Au fond d'un trou, mon fils, lui, mesure tranquillement la puissance de l'impact et l'impressionnante taille de l'Histoire.

L'expérience ne lui a pas coupé l'appétit. Je l'emmène déjeuner à l'abri des bombardements, sur la plage de Vierville. L'hôtel du Casino donne sur la mer. Nous allions parfois y dîner autrefois. Le soleil de Pâques n'a pas attiré de vacanciers. L'endroit est désert, toujours aussi mélancolique. Je me souviens que, même l'été, rares étaient les baigneurs. Il plane comme une malédiction sur ces dunes ventées, cette eau froide, ce front de mer planté de maisons plates qui se donnent des airs de villas tristes. L'hôtel exhale ce léger moisi, ce poisseux de toile cirée, cette âcreté de vieux cidre que ma mémoire n'avait pas oubliés. La salle à manger est presque vide. Dans un décor de papier peint, une femme âgée sert du poisson avec un usage démodé et une lenteur désabusée. Clément dévore, il est aux anges, il est bavard, il est beau, il ne voit pas que je cache ma nostalgie d'un lieu où j'ai été heureux, enfant, mais que je n'ai pas aimé. Et que je traîne toujours mon regret, lorsque je regarde à travers la baie vitrée cette longue plage blonde où je guettais au loin un nuage de galop, de n'être plus ce garçonnet qui tendait sa main vers l'encolure mouillée du beau cheval bai et rencontrait la main gantée du père si souriant et si fier.

Dans le petit cimetière de Saint-Laurent, qui jouxte l'église où un curé barbu terrorisait ses ouailles le dimanche et que ma famille tentait de calmer ou d'amadouer en glissant un gros billet dans la corbeille de la quête, Clément, peu habitué à fréquenter ces lieux de mémoire, s'étonne de me voir chercher, en vain, la tombe de mes grands-parents. Sur certaines stèles, je reconnais les noms des voisins, quelques visages surgissent du marbre gris, c'est tout mon village qui dort ici sous le gravier. Mais les inscriptions des miens ont dû s'effacer. Ils sont couchés là, pourtant, mais je ne les trouve pas. Les morts disparaissent, quand on ne les visite plus. Ils se fondent, anonymes, dans la terre de l'oubli. Je referme derrière moi la petite grille grinçante comme on quitte un jardin mangé, en l'absence de ses créateurs, de ses protecteurs, par l'herbe folle : la nature a repris ses droits, réinvesti l'espace où des mains amoureuses avaient dessiné de savantes arabesques, imposé un ordre et une grammaire, travaillé à un bonheur précaire.

Au cimetière américain de Colleville, en revanche, le passé est bien entretenu. Une armée de jardiniers normands veille sur neuf mille trois cent quatre-vingt-sept soldats tombés à Omaha « la sanglante ». On ratisse, on tond, on arrose cet immense gazon de quinze hectares piqué de croix blanches et d'étoiles de David. Bordées par la mer, les chênes verts et des buissons d'aubépines, les dépouilles semblent au garde-à-vous. Clément lit les inscriptions, épelle les noms des morts, les grades, les unités, les États d'où ils sont originaires, les âges — des gamins, rien que des gamins, sous l'œil médusé d'un enfant.

Une dernière halte à Arromanches et son port artificiel. Au loin, dans la mer, flottent encore des caissons de béton. Clément a son comptant d'Histoire. La mienne me suffit. Les guerres sont fatigantes. La mémoire est épuisée. Il faut que j'arrête de courir à la pointe du Hoc, de construire des châteaux de sable à Omaha Beach, de jouer à cache-cache dans les allées du cimetière américain, de m'acheter des carambars, des plaquettes de Zan et du Coco Boer dans les boutiques d'Arromanches. Je pense à mon grand-père et je regarde mon plus jeune fils pour comprendre que je suis d'une génération bancroche. Le Saint-Laurent de mon enfance avait déjà pansé ses blessures et il ne connaissait pas encore le négoce du *D. Day*, la transformation de sa topographie bombardée en son et lumière spectaculaire.

Ça n'était qu'un jardin sec des bords de mer, où j'erre, seul, maladroit et incertain.

Le Silvia-Monfort

Cette présence que tu redoutais tant, cette vigilance que tu aimais narguer, cette sentence que, sans te l'avouer, tu attendais en tremblant, voici soudain qu'elles te manquaient. En tombant, le magistère maternel avait laissé un vide, où depuis deux ans tu te débattais. Tu avais déposé les cendres d'Anne au cimetière, quitté Ramatuelle, rendu les clefs de la rue de Tournon, confié les archives paternelles à la cinémathèque de Chaillot et au centre Jean-Vilar, fermé ton passé à double tour. Tu étais vraiment orpheline.

(*Le Temps d'un soupir* : « Le passé m'absorbe, je lui rends compte du présent. »)

Alors, pour remonter sur scène, tu te choisis une famille, sur laquelle règnent avec équanimité Régis et Marie-France Santon. Cela te rappelle le bon temps de la troupe Renaud-Barrault, quand tu faisais tes débuts dans *Harold et Maud*, et les tournées vagabondes de *L'Annonce*.

Tes retrouvailles avec le théâtre avaient besoin d'un esprit clanique, ta solitude réclamait une parentèle, des effluves de repas partagé, des photos de groupe, des aventures collectives, et aussi un lieu vierge, sans mémoire, sans menace, où planter la grande tente et accueillir un public neuf.

On est en 1992. *La Valse des toréadors*, pièce *grinçante* de Jean Anouilh, inaugure le tout nouveau théâtre Silvia-Monfort, dernier rêve posthume de la tragédienne, un chapiteau en dur de vingt-trois mètres de haut, une pyramide hexagonale et métallique édifiée sur les ruines des anciens abattoirs de Vaugirard, au cœur du parc Georges-Brassens que gardent, figés dans le bronze, deux beaux taureaux. On s'y sent à l'écart de Paris — petit bout de province, jardin suspendu, belvédère, vigne grimpante et temps fainéant.

De ce village situé près de la porte de Vanves, Patrick Modiano parle très bien dans *Des inconnues*, dont l'une des trois héroïnes est une jeune fille qui, dans les années soixante, habitait un atelier de la rue Chauvelot. Elle croisait, dans le petit matin des cafés de la rue Brancion, des hommes massifs aux visages pourpres, marchands et « tueurs » en tabliers, qui piétinaient, un verre à la main, sur de la sciure tachée de sang. L'écrivain de *La Place de l'Étoile* raconte, tel un persistant cauchemar, le spectacle nocturne des chevaux sans emploi et condamnés que, depuis les manèges de Neuilly ou Boulogne, on menait aux abattoirs de Vaugirard par le boulevard Lefebvre et la rue Brancion. La procession funèbre traversait Paris en le réveillant, avançait au rythme cadencé des sabots fatigués qui martelaient le vieux pavé — « des chevaux, précise Modiano, qui avaient connu les beaux quartiers et les gens riches ». Et qui venaient mourir aux confins de la grande ville sans se révolter.

Pour bien montrer aux autres, et surtout te prouver à toi-même, que tu en as fini d'incarner les martyrs, que tu as rangé pour toujours les habits austères et flottants de Violaine, d'Antigone, de Jeanne, de l'Infante, et laisses à d'autres innocentes les rôles piégés de jeunes blondes épurées, tu t'es métamorphosée. Te voici perruquée en tubéreuse brune, moulée dans un tailleur jupe longue, et coiffée d'un grand chapeau 1900 augmenté d'une voilette. Tu es piquante, coquine, fofolle, tu es cette Ghislaine de Saint-Euverte qui débarque, après dix-sept ans d'attente et une mémorable valse des toréadors au bal du régiment, chez le général de Saint-Pé, ancien de Saumur, grand croix de la Légion d'honneur, redoutable fantassin des flirts ancillaires, sabreur de pacotille et authentique mufle, pour lui signifier qu'il est temps, désormais, de convoler. Car tu es lasse, comme on disait à la Belle Époque, de t'être *gardée* pour lui, pour ce sale môme ridé qui refuse toujours de grandir.

Mais le vieux beau a d'autres priorités : dicter à son jeune secrétaire le récit de sa campagne au Maroc — « Ah, mon ami, la belle campagne ! On en a tué, de l'Arabe ! Et joliment, à l'arme blanche. On enlevait les douars au petit matin, on éventrait tout : le papa, la maman, la grand-mère… » — et surtout insulter la générale, une walkyrie hystérique, une malade imaginaire tordue, sur son lit à la dérive, par la haine et la rancœur, une mégère convulsée qui traite son mari de « boîte à ordures ». Qu'importe l'ingrat Saint-Pé, après avoir pleuré toutes les larmes de ton ravissant corps et rédigé une émouvante lettre d'adieu, tu repartiras, mutine, avec le secrétaire, joli garçon.

C'est, sur les amours mortes, une pièce féroce, triviale, outrancière, un vaudeville fétide, une plongée dans la petite horreur domestique, un étalage de linge sale, c'est la misogynie ajoutée à la misanthropie, la nostalgie de l'enfance massacrée par la détestation de la vieillesse. Du Anouilh torréfié, dans son jus noir. Et toi, légère, insolente, romantique, tu sauvais la pièce du pathétique, de la sinistrose, tu lui restituais sa fantaisie perdue, son merveilleux délire. « Le théâtre, disait Jouvet, rend aux hommes la tendresse », et tu étais le théâtre.

À danser chaque soir *La Valse* dans cette amusante campagne de Paris, tu as recouvré des plaisirs dont tu feignais de croire, depuis *L'Alouette* et son armée de chasseurs, qu'ils t'étaient refusés. Tu nageais chez l'auteur des *Poissons rouges* comme dans un liquide amniotique. Le succès à guichets fermés, le Molière du meilleur spectacle donnaient en outre à cette aventure un supplément d'allégresse. Tu te regardais en face, droit dans les yeux, sous une lumière crue, comme pour appliquer à la lettre le précepte de Schopenhauer avancé dans les *Observations psychologiques* : « Ne pas se rendre au théâtre, c'est comme faire sa toilette sans miroir. » Tu muselais ton trac, tu riais en coulisses (c'est un son cristallin que j'avais oublié) — et moi, je reprenais en fin de journée le chemin des loges que j'aime tant, avec ses parfums de mercerie, ses bouquets de fleurs sans eau, ses penderies improvisées, ses amulettes enfantines, ses porte-bonheur à trois francs six sous, ses murs tapissés de notes de service comminatoires, d'articles élogieux, de télégrammes, de « Merde ! » complices, avec sa cohue d'admirateurs qui, après la pièce, trépignaient devant la porte que je gardais comme un vigile. Ils processionnaient, je vigilais.

Si tu avais gagné ton pari, celui de goûter à nouveau au théâtre, ce paradis, cet enfer, je te savais encore inquiète. Tu craignais celle qui, en toi, continuait de sommeiller, ta vieille ennemie, ta ricanante doublure intérieure, ton démon. Mais tu lui résistais, avec le sourire. Si Anne n'était plus là pour te juger, nos trois enfants venaient, bouche bée, et pour la première fois ensemble, t'admirer. Je les regardais se retenir de crier « Maman ! » quand tu te jetais par la fenêtre ou tombais dans les bras de Saint-Pé ; je les épiais quand ils s'esclaffaient ; je guettais leur fierté émue lorsqu'ils se levaient pour t'applaudir, c'était un spectacle dans le spectacle. Je sais qu'ils n'oublieront jamais cette jeune femme élégante toute de vert vêtue qui réclamait de l'amour en tapant du pied, et qui était leur mère.

Avec *Lundi, 8 heures,* de l'oublié Jacques Deval, sous le même chapiteau du Silvia-Monfort, Régis Santon, en bon disciple de Mirbeau, persista dans le jeu de massacre, la cruelle caricature de la bourgeoisie, la peinture au couteau des dîners en ville, le relevé topographique des mondes en perdition, et toi, pour mon bonheur, tu t'obstinas dans l'extravagance et la gouaille. Pour cette *Ronde,* version Bourdet, cette comédie âcre où se succèdent suicides, banqueroutes, infarctus, arrestations, duels et où, comme dans *La Règle du jeu,* on s'entre-tue aux cuisines, tu incarnais, de la tête fauve aux ongles laqués, de la bouche peinturlurée aux dessous affriolants, la trivialité — la faubourienne, la rutilante trivialité. Celle qui, en vertu des paradoxes dramatiques, doit triompher, *in fine*, de la vraie vulgarité, où l'on reconnaît, évidemment, les bourgeoises endimanchées et les prétentieuses emperlousées.

(Lulu, selon les indications strictes de Jacques Deval : « C'est une jolie jeune femme de vingt-cinq à vingt-huit ans, menue et blonde. Sur son visage, toute la vivacité et l'étourderie jointes à une intelligence limitée. » Non, ça ne te plaît pas. Tu décides de faire de cette grue épousée une rousse avec coupe au carré, façon Louise Brooks, et de lui prêter, sinon les qualités d'une femme d'esprit, du moins la lucidité et le bon sens d'une fille à qui on ne la fait pas.)

Les spectateurs qui se souvenaient de l'Infante ne t'ont d'ailleurs pas reconnue sous les traits de Lulu, la *poule* de Paul Triex (joué par Marc Dudicourt), un ancien mineur de Carmaux qui, dans les années trente, était devenu député et patron du Crédit international, travaillait maintenant à obtenir un portefeuille sans savoir qu'il était promis, en fait de promotion, à croupir dans une cellule de la Santé. Tu jactais et dégainais à la manière d'Arletty. Sur le grand lit où tu paressais jusqu'au milieu de l'après-midi en bouffant des chocolats, tu jouais la bécasse entretenue, pour mieux cacher ta roublardise. Tu cassais ton image de cariatide pour inventer un personnage de tigresse. Tu ne te forçais pas, tu te prolongeais. Tu étais, à l'âge adulte, une enfant heureuse. D'une certaine manière, tu prenais, avec retard, ta revanche.

Tard dans la nuit et ces restaurants de Montparnasse où, après le spectacle, nous avions nos habitudes, redevenue blonde et distinguée, tu me disais : comme c'est étrange, j'ai attendu d'approcher les quarante ans pour jouer un rôle de voyoute qui correspondît à ma nature. Car tu découvrais avec stupéfaction combien tu adorais faire rire. L'introspection t'avait épuisée, tu rajeunissais dans la composition. Tu osais. Tu te surprenais.

Après ? Tu as brillé encore, mais le cœur n'y était plus vraiment. Sans doute avais-tu rempli ton contrat secret avec toi-même. Le théâtre glissait au loin comme une péniche chargée sur la Seine que tu regardais, pensive, nostalgique, depuis la berge. C'est qu'on ne peut pas jouer sa vie tous les soirs, et tu voulais désormais donner du temps au temps afin de ne jamais connaître les regrets de Mesa, dans *Partage de midi* : « Ce n'est point le temps qui manque, c'est nous qui lui manquons. » Et tu aimes la ponctualité.

Le Brévedent

Elle est allée chercher son cheval un jour du printemps 1998 en Seine-et-Marne avec, dans le regard, cette détermination un peu farouche, un peu inquiétante, de la femme qui, aux beaux jours, veut un homme. Lui, frimait dans un herbage, la longue crinière au vent, la tête haute, léger sur ses jambes et puissant sous la masse. Hongre, volontiers comédien, nostalgique de son empire, il plastronnait, il avait encore cette allure noble à quoi, d'ordinaire, l'on reconnaît un entier.

C'était un athlète blanc — je n'arrive pas à écrire *gris*, le mot serait plus exact, mais aussi infidèle car sa robe avait, sur cette étendue vert pomme, un éclat immaculé, une douceur laiteuse, une pureté inédite. On entra dans l'enclos. Il toisa Anne-Marie et, sans la quitter des yeux, enchaîna les coups de cul, se roula, s'ébroua, galopa comme un fou, trotta comme une girafe, marcha comme un ambassadeur, fit le beau, l'insolent, le câlin, et soudain s'arrêta net, les oreilles devant, les naseaux aux aguets, le cœur battant. On eût vraiment dit qu'il la draguait. Appuyée sur la lice, la propriétaire, enceinte, semblait blasée par les rodomontades de son cheval. Elle s'en séparait avec un regret trop ostentatoire pour être sincère. Il semblait lui avoir beaucoup résisté.

On sentait bien qu'elle ne savait plus quoi faire de ce lusitanien de six ans dont le caractère brillant, le trop-plein d'énergie, l'irascibilité, la formidable intelligence, le besoin d'épater et la science infuse s'accommodaient mal de ces vacances prolongées, car il était en vacances. Danzador, alias Danseur, jeune homme de belle lignée, fils de Miguelista et de Nora, petit-fils d'Émir, voulait travailler et être aimé pour le travail qu'on lui demanderait. Il n'était pas conçu pour le farniente, il s'ennuyait à brouter, s'étonnait que ses congénères pussent s'occuper à chasser les mouches et à jouer, comme des gamins, avec leurs ombres. Il rêvait de prouesses mais aussi du grand amour et voulait croire, depuis son pré, que les premières mènent au second. C'était un cheval équitable. Chaud, brûlant même, mais équitable.

Anne-Marie le testa en manège comme on expérimente une voiture de course, avec crainte et griserie, se méfiant de ses propres gestes, s'inquiétant du bloc de muscles qu'elle avait sous les fesses, et aussitôt le couple qu'ils formaient fut évident. Sur la piste, Danseur avait trouvé sa cavalière et la cavalière, son Danseur. Je vis la force incroyable du cheval céder sous une main fine et délicate. Quelques foulées de passage — un très beau passage, les postérieurs rebondissant de manière exceptionnelle — lui suffirent à suggérer de quoi il était capable. Ce cadeau enchanta Anne-Marie comme une promesse d'extase. La séance fut brève, torride et décisive. Elle mit pied à terre. Elle avait un sourire d'ange — elle venait, là-haut, d'entrebâiller la porte-fenêtre du paradis. Le fier Portugais était à elle.

Je fus le témoin ébahi d'un coup de foudre silencieux, de la naissance d'un grand amour où la raison n'a pas son mot à dire, et il ne me déplaisait pas, dans ce manège obscur, de porter la chandelle. Désormais, dans nos vies, dans notre vie, il y aurait, pour donner de l'allégresse, de l'altitude et du défi, Danseur et Eaubac, le gris et le bai, le lusitanien et le trotteur français, deux presque contemporains, deux voisins de box — huit jambes pour la grande aventure. Le prolongement d'un couple, une manière, peut-être, de consécration.

Pendant un an, avec une rigueur, une opiniâtreté et un trac que je ne lui avais connus que sur scène, elle *remit* Danseur en le travaillant, à Luc-sur-Mer, chez un brillant cavalier qui tenait son art des maîtres portugais. Le cheval recouvra, en même temps que sa musculature d'antan, sa faculté à exécuter les exercices de haute école. Rien n'arrêtait Anne-Marie dans son souci de perfection, dans son désir d'aller, avec Danseur, toujours plus haut, plus droit, plus loin : ni le froid de l'hiver, ni la canicule, ni la distance qui la séparait de l'écurie où son cheval était à la fois en pension et à l'étude. Elle ne comptait plus son temps, consacré désormais pour l'essentiel à cette passion impérieuse et jamais assez assouvie.

Mois après mois, Danseur lui donna, sans complaisance, tout ce qu'elle refusait à la scène et que le cinéma lui refusait, tout ce que son corps d'actrice réclamait, et tout ce à quoi la femme au milieu de sa vie aspirait : une jeunesse persistante, le goût du risque, la maîtrise de soi, la noblesse de l'art, le plaisir de la métamorphose, l'héritage des grands classiques, le rituel de la représentation, le besoin du surpassement et le bonheur de l'éphémère.

Le manège fut son nouveau théâtre où les ampoules recouvertes de toiles d'araignée figuraient des lustres et la tribune vide, traversée de courants d'air, son public imaginaire. Parfois, elle posait sur un plot poussiéreux un lecteur de CD, et Beethoven, Schubert, Bach ajoutaient à cette cérémonie intime l'illusion de la grandeur versaillaise. C'était beau et bouleversant comme le chant d'un monologue dans un théâtre désaffecté, comme l'art pour soi.

Quand Anne-Marie estima que Danseur était au meilleur de sa forme et se jugea capable d'en être l'exclusive maîtresse — dans l'acception pédagogique et sentimentale du mot —, elle le fit venir au Brévedent, sur cette colline inspirée où les bois sont serrés et les champs, marins, où l'on dresse, saute, attelle, longe, soigne selon les règles de l'art, où les box sont grands ouverts sur l'extérieur, où la paille est chaude et le foin craquant, où les journées se déroulent au rythme des chevaux et non des hommes, où le temps ne veut pas se presser, et où les cavaliers se comprennent sans se parler et se croisent en se comprenant. Loin des fracas du monde, sur cette vieille terre équine, elle serait donc seule, désormais, à monter son lusitanien. Or l'artiste était délicat et l'athlète, soupe au lait. Il y avait chez lui — il y a toujours — un alliage précieux de tendresse féminine et de vantardise machiste : la première produisait de la grâce, la seconde disposait, pour s'exprimer, d'une force redoutable. Les deux ensemble faisaient des miracles.

Longtemps Anne-Marie le bichonna et se battit avec lui, l'adula et le vitupéra, s'offrit à lui et le repoussa, le caressa et le morigéna, ne lui pardonna rien et lui pardonna tout, s'épuisa à ne jamais parvenir à le fatiguer, pleura de rage et puis de joie, exulta et bouda, sua autant que lui, trouva la clef de ce crack et crut la perdre, le longea avant de le monter, le monta avant de le longer, le mit au paddock pour qu'il se défoule et puis à l'herbage pour qu'il s'aère, lui attribua du génie et le traita de cancre, lut des dizaines de traités de maîtres, crut aux seules vertus du manège et de la bride, ensuite aux seuls profits de l'extérieur et du filet, enfin aux mérites subtils de l'alternance, lui concéda deux jours, et puis trois, et puis quatre par semaine, douta afin de mieux lui faire confiance, connut la ferveur et la défaveur, la reconnaissance et l'ingratitude, les joies de l'esprit et celles du corps, la fierté et l'humilité, l'espoir fou et l'absolue détresse. Elle partit pour le Portugal afin d'observer les écuyers qui perpétuent la tradition de Manoel Carlos de Andrade, fut successivement disciple de François Baucher, adepte du capitaine Beudant, passionnée d'Oliveira, élève de Michel Henriquet, qui lui fit la leçon, qu'elle voua aux gémonies, jusqu'au moment où elle eut l'intelligence de n'écouter que sa propre intuition.

On ne saurait imaginer, en équitation, idylle plus passionnelle, plus tempétueuse, plus riche. Les spectateurs, qui admiraient Danseur au piaffer, la légèreté de ses appuyers au passage, la perfection de ses épaules en dedans, la volupté de son petit galop rassemblé, la fixité des mains et des jambes de sa cavalière dont le profil semblait découpé dans le marbre, n'imaginaient pas combien cette apparente facilité était le fruit d'un combat perpétuel et ce que l'art, car c'était de l'art, devait au labeur, un labeur obsessionnel autant que méthodique. (Que savait d'ailleurs le public de *L'Annonce* ou de *L'Alouette* des efforts surhumains qu'Anne-Marie produisait avant d'entrer en scène ?)

Il arriva alors ce que la vie réserve aux couples en fusion : Danseur précéda les demandes d'Anne-Marie, qui elle-même précédait les réactions de Danseur. Leur relation devint médiumnique. Et la passion du cheval pour sa cavalière s'exprima par des attitudes qui laissèrent abasourdis jusqu'aux vétérinaires : il suffisait qu'Anne-Marie fût absente trop longtemps du Brévedent pour que son lusitanien tombât en dépression, refusât de manger, boitât, et même entrât en coliques. Son retour précipité transformait le cheval malade en danseur étoile et le neurasthénique en galopeur euphorique. L'actrice avait trouvé son partenaire idéal. Mais il n'y avait pas de texte pour ce théâtre intime, cette chorégraphie charnelle, et rien d'autre, pour les accompagner, que le piano nocturne de Schubert ou le violon mélancolique de Joe Hisaishi dans *L'Été de Kikujiro*.

Aujourd'hui, le couple a gagné en sérénité. Les deux n'ont plus besoin de se faire la guerre pour se prouver qu'ils s'aiment. L'usage de la voix est plus fréquent que celui des éperons portugais. Les randonnées en forêt sont plus longues que le travail de l'ombre. La lecture des cartes d'état-major, où les sentiers buissonniers ressemblent à des traits d'enfant, supplée à l'étude des manuels austères laissés, sur papier bible, par les écuyers en chef de Saumur.

Depuis la plaine ventée du Faulq, où chevreuils et sangliers courent à découvert, Paris chaque jour s'éloigne un peu plus. Danseur est le vecteur naturel d'un exil serein, l'allié d'un équilibre intérieur, le complice d'une liaison étonnée par sa propre longévité. Aux pieds du cheval sudiste poussent, sur la terre humide du Nord-Ouest, des fleurs dont Anne-Marie, encore en bottines et jodhpurs, comme si elle voulait supprimer toute transition entre l'animal et le végétal, commande le savant désordre, distribue les couleurs en palette, tuteure la jeunesse, traite les maladies, guide l'accomplissement, mais réprime les désirs d'expansion rebelle. L'ordonnancement des massifs, des bosquets, des parterres, succède à l'exécution des pirouettes au galop : ce qui est beau est décidément périssable, et l'énergie dépensée à dessiner ces croquis fugaces, ces statuettes de sable fin, ces tableaux vivants, plus grande encore de les savoir condamnés par le temps et promis à l'effacement.

L'hiver, quand la nature dort et que la forêt glacée devient impénétrable, Anne-Marie préfère aller admirer, sous abri, l'École espagnole de Vienne ou les chevaux de Jerez aux longues rênes que ses pairs d'autrefois, les comédiens, dans des théâtres dont les lois ne l'abusent plus, dont les vanités ne l'amusent pas. Car les lipizzans, eux, ne cherchent pas la gloire, et s'ils sont si brillants, si *naturellement* brillants, c'est pour le seul plaisir du mouvement juste, du spectacle offert. L'on ne dira jamais assez combien les chevaux nous restituent une sagesse qu'on avait négligée.

Ce soir, avec Cathy et Jean-Luc, on parle d'eux avec gratitude. Cela évite de parler de soi. Les gros chiens dorment et rêvent en tressaillant devant la cheminée. On sort de la cave une bouteille dorée et fruitée de *quarante-quatre* (c'est un calvados maison, adouci par l'orange et amendé par des grains de café), on se promet d'aller au printemps prochain passer quelques jours au balcon du manège blanc de la Hofburg ou un week-end sur le cross tératologique de Badmington. Demain, l'on ira galoper au milieu des mouettes sur la plage de Deauville à moins qu'on ne sorte en concours dans la plaine de Caen. Il faudra penser à tondre les chevaux la semaine prochaine, et peut-être leur acheter de nouvelles couvertures. Il pleut, mais le chaume étouffe le clavecin des gouttes. Jean-Luc raconte ses complets d'autrefois. Cathy prépare son instructorat. Anne-Marie se souvient à haute voix des étés sans fin de Ramatuelle, quand elle partait à cru sur Kawa et Gitan, traversait les vignes et les bois de pins parasols jusqu'à la plage de Pampelonne où elle baignait ses deux compagnons au long poil et aux grands sourcils dans le crépuscule méditerranéen.

Aujourd'hui, elle monte en virtuose un lusitanien, mais son sourire n'a pas changé : c'est celui de qui a recouvré, rançon d'une longue méditation physique, la liberté de ses quatorze ans, les émotions fortes de l'enfance solitaire lorsque les chevaux, et personne d'autre, pouvaient lui donner ce que le destin lui avait volé : une présence tutélaire, une puissance protectrice, un ronflement rassurant — un père.

L'île de Guernesey

Nous n'étions jamais partis tous les deux, rien que tous les deux. Je t'avais réveillée au lever du jour, tu avais ton joli sourire paresseux, je n'y avais pas cédé, tu sommeillerais dans la voiture. On avait traversé la Normandie des haies serrées et des prés blancs d'où monte, quand il fait froid l'été, une légère mousse de lait, une crème de vapeur. À Granville, on avait pris un café avant le départ du bateau. La brume ne voulait pas se lever. Compacte et silencieuse, elle nous avait accompagnés à Jersey, et s'était obstinée jusqu'à Guernesey. Tu avais prolongé ta nuit en posant, pendant tout le voyage, ta tête sur mon épaule. Je lisais dans ta somnolence, tu rêvais dans ma lecture, c'était doux. À l'instant même où le bateau avait accosté à Saint Peter Port et où, enfin, le soleil éclatait, tu avais ouvert les yeux sur l'île.

J'avais loué une voiture. Tu étais montée à gauche, et moi à droite. Je découvrais avec circonspection la conduite anglaise. Je ne maîtrisais plus rien. Tu étais hilare, moqueuse. Mes maladresses de débutant ajoutaient à l'exotisme de notre brève expédition. À travers un lacis de vieilles ruelles, moi, cramponné à mon volant étranger, toi, penchée à la fenêtre, nous étions parvenus au sommet de la ville, où notre hôtel dominait la baie. Il était situé à quelques mètres de Hauteville House, la maison de Victor Hugo que tu étais si impatiente de découvrir. C'était le but avoué de notre voyage ; le mien était de te regarder dans une lumière inédite.

Je t'avais arraché un déjeuner sur une terrasse en plein soleil, tu aurais préféré sacrifier tout de suite au rituel de la visite. Tu étais ravissante, autoritaire, mutine et enfantine. Tu ressemblais, si j'en crois ce qu'on me raconte, à ta mère adolescente : de la timidité bousculée par de l'impertinence ; de la fierté qui cherche à se justifier, à se mériter ; un débord d'envies, de désirs, que contient encore le souci de soi. Tu voulais déjà grandir trop vite. (Avec mes fils, j'éprouve un sentiment de fraternité, toi, tu me rajeunis et m'initiess à un monde que je ne connais pas.) Muette en société et bavarde dans l'intimité, tu m'attendrissais. Mais tu détestais l'embarras qui te saisissait lorsque tu étais en représentation. Tu aspirais à l'aisance et au prestige. Tu y travaillais dur, jusqu'à te priver de soirées entre copines, de cinéma, et même des chevaux que tu montais avec une telle justesse et qui te le rendaient bien.

C'était l'année de tes seize ans. Tu adorais *Le Diable au corps* et surtout *Lolita*. Tu écoutais Jennifer Lopez, la *house* de David Guetta, et la musique mélancolique écrite par Yann Tiersen pour *Amélie Poulain*. Tu aimais les jeans serrés Diesel, les hauts Morgan, les tee-shirts Miss Sixty et que tombent, sur tes hanches si fines, de larges ceintures cloutées. Tu avais les cheveux dans les yeux et un air aigu de fennec inapprivoisable.

J'ignorais ce qui, dans la maison blanche de Hugo, t'attirait si fort : qu'elle eût abrité un héros (ah, ton culte de l'excellence, ton goût du surpassement de soi), qu'elle correspondît à l'idée que tu te fais du grand écrivain (l'actualité t'indiffère, tu aimes les œuvres du passé, celles où l'on s'engloutit et s'oublie), ou qu'elle te donnât simplement l'occasion de pénétrer l'intimité d'un homme du XIXe siècle.

Tu étais entrée dans Hauteville House comme dans un vieux livre qui sent la poussière et la fleur séchée. Je te regardais t'extasier en silence dans ce temple du mauvais goût, t'aventurer avec respect dans ces pièces baroques, cocasses et obscures. Jeune fille fascinée par « la fée Bric-à-Brac et le dieu Bibelot ». Le lieu était ce que tu en espérais : le prolongement domestique de l'œuvre, une folle grammaire architecturale, une syntaxe mégalomaniaque, un étouffant bavardage boisé, un poème lyrique à trois étages, une brocante en prose, l'obsessionnel besoin d'occuper le vide, de remplir les murs comme on noircit une page. D'ailleurs, chaque pièce, chaque meuble, chaque panneau portait les initiales du maître de céans. Tu étais à la fois émue par la manière enfantine avec laquelle Hugo utilisait toutes sortes d'antiquailles — coffres, vaisselle, faïences, fers à repasser — pour les détourner, les façonner, les réinventer, se les attribuer, et impressionnée par l'absolue certitude que, à cinquante-trois ans, le bonhomme avait de son génie, de son éternité. Un monumental gamin. *Ego Hugo.*

Par les fenêtres ouvertes, on voyait la mer travailler dans la blanche chaleur de l'été. La maison géorgienne n'en était que plus noire. Notre progression devenait somnambulique. Il y avait des tapisseries et des soupières au plafond, des lampes retournées, des mosaïques sur les cheminées, des fauteuils réservés aux ancêtres, des stalles d'église, des devises sur les murs (*Laetus homo ridet flet bestia tristis*, *Ad augusta per angusta*), une Vierge à l'Enfant, un Christ, des saints, des miroirs partout, de la caverne d'Ali Baba, du végétal, du kitsch, du médiéval, du gothique, de l'oriental, du chinois, du flamand, du vénitien, du vieux Paris et de la légende des siècles. Au sommet, le nid de mouette, le *cristal-room*, le *look-out*, le belvédère vitré « énorme pour l'âme, étroit pour le corps », d'où le capitaine Victor, le corsaire Hugo, voyait l'archipel de la Manche et regrettait sa France. En redescendant, tes mains fines avaient caressé *L'Encyclopédie* de Diderot et d'Alembert et le *Dictionnaire historique* de Moreri. Tu étais belle, ma princesse, dans cette mélancolie qui n'était pas de ton âge.

De ce voyage dans le temps, de cette séance qui empruntait au spiritisme cher à Hugo, tu étais sortie radieuse et rêveuse. Le soleil t'éblouissait. On avait repris la voiture, serpenté dans une campagne trop fleurie, longé des cottages trop cosy, marché sur des plages de cailloux où ronflaient des corps blancs, découvert des criques sauvages, emprunté des chemins douaniers et, le soir venu, dîné sur le port. On m'avait regardé d'un mauvais œil. Un adulte avec une jeunesse ! Avant cette promenade dans l'île, il ne m'était jamais venu à l'idée qu'on pût former un couple insolite, qu'il ne fût pas évident, en nous voyant marcher main dans la main le long des quais, que j'étais ton père, que tu étais ma fille.

Le lendemain matin, très tôt, la corne de brume m'avait réveillé, lancinante et funèbre. Pendant la nuit, une épaisse masse de coton était tombée sur Guernesey. L'île était spectrale et, soudain, l'exil de Victor Hugo me serrait le cœur. Je comprenais mieux la folie littéraire de Hauteville House, où il s'était réfugié pour ne pas étouffer, pour dénébuler l'angoissant paysage, et pour vivre à la hauteur du ciel avec sa fille morte, sa « jeune âme » de dix-neuf ans. Sur les murs de sa petite chambre — que tu jugeais trop étriquée et modeste pour une si imposante légende —, étaient accrochés les portraits de Léopoldine et Charles par Mme Hugo, ainsi qu'un autre visage de Léopoldine, dessiné par sa mère en 1847, quatre ans après sa tragique noyade à Villequier. Hugo y avait ajouté de sa main une inscription : « Toujours vivants / là-haut et en moi. » Comme un écho aux *Contemplations* : « Hélas ! laissez les pleurs couler de ma paupière, / Puisque vous avez fait les hommes pour cela ! / Laissez-moi me pencher sur cette froide pierre / Et dire à mon enfant : Sens-tu que je suis là ? / Laissez-moi lui parler, incliné sur ses restes, / Le soir, quand tout se tait, / Comme si, dans sa nuit rouvrant ses yeux célestes, / Cet ange m'écoutait ! »

Toi, ma jolie vivante, tu avais déjà quitté Hauteville House et ses petits lémures. Tu exigeais de l'été, de l'air pur et des parfums acidulés. Tu cherchais dans les boutiques de Saint Peter Port des habits cintrés et des sacs à la mode. Tu voulais bronzer sur les remparts de la citadelle et envoyer des cartes postales. Tu avais retrouvé ton âge, et je t'aimais comme un père qui ne voudrait pas vieillir ; qui ne voudrait jamais vieillir dans ton regard.

L'entrée des artistes

Aux comédiennes dont le talent défie le temps, le théâtre offre le privilège d'être toujours des demoiselles. Mieux qu'une figure de courtoisie, c'est une marque de gratitude. Elle vaut en particulier pour Camille et Marianne, les deux dernières conquêtes, sur la scène du TNP, de Gérard Philipe.

À dix-sept ans, Mlle Suzanne Flon, fille d'un employé des chemins de fer, fit ses débuts aux magasins du Printemps, dans la fonction de vendeuse interprète. Ce qui était déjà, sinon un rôle, du moins un emploi. Formée à l'école de la vie, plutôt qu'au Conservatoire, elle fut ensuite secrétaire d'Édith Piaf, speakerine de music-hall, réplique de Mistinguett et comique de tournée, avant d'être engagée, en 1943, comme fille à soldats dans *Le Survivant*, une pièce de Jean-François Noël. Mlle Flon venait de naître à la scène, elle avait vingt-cinq ans et, selon Françoise Giroud, « le plus joli rire du théâtre français ».

La marraine d'Anne-Marie allait être ensuite l'Alouette mystique d'Anouilh, l'électrique Alarica d'Audiberti, la partenaire de Gérard Philipe dans *On ne badine pas avec l'amour* et l'incessant regret de John Huston, qui, après l'avoir fait tourner dans *Moulin-Rouge*, demanda à l'épouser. En vain.

À l'automne de 1991, on découvrit, au théâtre de l'Atelier, que si elle donnait de l'humanité et même un cœur à la marquise du Deffand, Mlle Flon avait cessé soudain de pouvoir jouer les Julie de Lespinasse. Le temps avait donc passé. Personne ne nous avait alertés. Grâce à Loleh Bellon, dont elle devint l'interprète fétiche, il est vrai que Mlle Flon avait rencontré son âge sans perdre sa jeunesse. L'auteur des *Dames du jeudi* et du *Cœur sur la main*, experte raffinée en sentiments simples et en situations quotidiennes, lui confia des rôles de retraitée ou de femme de ménage, dont la comédienne s'acquitta avec une indémodable simplicité. Dans *La Chambre d'amis*, de la même Loleh Bellon, elle jouait une mère âgée, malade, célibataire et acariâtre, à qui sa fille voulait imposer, pour la surveiller, une jeune fille au pair. Mais la vieille dame n'aimait pas que l'on dérangeât sa solitude, ses habitudes, ses souvenirs, elle qui proclamait : « J'ai de la vieillesse », comme s'il s'agissait d'arthrose ou de diabète. Un rôle écrit pour elle. Ainsi la

Jeanne d'Arc portraiturée par Leonor Fini ressemble-t-elle, désormais, à une petite dame de Sempé, augmentée d'un grand talent.

Avec une vénusté de favorite toujours en grâce auprès du roi, Mlle Geneviève Page portait, dans le film de Christian-Jaque, une adorable mouche sur la joue droite, un cocasse tricorne à plumes, une longue robe à crinoline noire et, montée en broche sur le sein gauche, une tulipe dorée qu'elle offrait à Gérard Philipe, la mèche batailleuse et le cœur battant sous la chemise blanche ouverte, en signe de reconnaissance. Fanfan venait en effet de sauver la marquise de Pompadour dans une forêt où des malandrins avaient arrêté son carrosse royal. Plus tard, elle devait supplier Louis XV qu'il voulût bien laisser la vie sauve au bel intrépide, condamné au gibet parce qu'il ignorait et les usages de la cour et ceux de l'amour.

Dans *Fanfan la Tulipe*, Mlle Page avait vingt-cinq ans, une bouche gourmande, le regard insolent et un port de tête aristocratique. De son vrai nom Geneviève Bonjean, elle était d'ailleurs née élégante dans le XVIe arrondissement de Paris, avait grandi en odeur de sainteté chez les sœurs de Sainte-Catherine à Lectoure, avait suivi les cours de l'École du Louvre pour parfaire sa culture, ceux du Conservatoire d'art dramatique pour poser sa voix de violon et reçu des leçons de danse classique pour flatter, en toute occasion, sa démarche. Mlle Page était destinée à régner ; elle apprit donc son métier au TNP, dans les bras, elle aussi, de Gérard Philipe, son aîné de cinq ans. À son côté, elle incarna la capricieuse Marianne, « princesse de beauté », éprise en vain d'Octave, qui lui refusait son cœur et pleurait, dans une ultime tirade, son ami Coelio : « Ce tombeau m'appartient : c'est moi qu'ils ont étendu sous cette froide pierre. » C'était à Avignon, pendant l'été de 1958, un an avant que, à jamais, s'efface « ce grand rire blanc sous les cheveux en chrysanthème ».

Trop raffinée pour devenir une star, trop peu complaisante pour s'accommoder de mauvais textes, répétant sans cesse qu'elle n'avait pas assez souffert, pas suffisamment été malheureuse, regrettant que son physique d'élégante l'eût écartée des emplois féroces, des personnages de folle ou de sorcière auxquels elle aspirait, Mlle Page a beaucoup porté la couronne au théâtre et les colliers de perles au cinéma. Elle a été Hermione, Athalie, Prouhèze, mais aussi la délicieuse espionne dont s'éprenait le Sherlock Holmes de Billy Wilder. Elle a donné d'ailleurs la réplique, dans un anglais irréprochable, à MM. Mitchum, Bogarde, Niven, Heston et Sharif. Classe internationale.

À partir des années quatre-vingt, Mlle Page a brisé le miroir trop lisse de la belle dame de

Passy qui, pour pallier l'ennui d'être impeccable, poussait sa Jaguar à plus de deux cents kilomètres à l'heure et s'adonnait, sans maquillage, à la plongée sous-marine. Mais il ne lui suffisait pas d'être provocante et saphique dans *Les Larmes amères de Petra von Kant*, de Fassbinder, ou veuve nymphomane dans *Buffet froid*, de Blier, elle suppliait encore qu'on lui offrît de devenir « une bonne vieille poivrote avec des cheveux sales ».

Le rôle qu'elle attendait, où elle a jeté furieusement son expérience et tous ses regrets inexprimés, où elle joua à vue et devint même vulgaire, ce fut, en 1996, l'illustre tragédienne, Mme Alexandra, dans *Colombe*, de Jean Anouilh. Elle roulait des yeux de puma en liberté, replaçait son dentier d'un geste brusque, arrachait sa perruque bouclée, traînait sa jambe malade, menaçait l'humanité avec une canne, claquait les portes des loges, envoyait un vieux squelette en bronze aux Étudiants tuberculeux pour leur fête de charité, crachait dans les coulisses de tonitruants « Marde, marde, mille fois marde, tous des cochons mardeux de marde ! », comptait ses sous, insultait son secrétaire et vouait aux gémonies son propre fils, qui le lui rendait bien : « Cela graillonne, cela souffle, cela halète, cela hisse sa vieille carcasse en haut des marches comme cela peut, pour se faire applaudir encore une fois — au lieu de tricoter, comme les autres... Et c'est ma mère ! »

Et c'était Mlle Geneviève Page, magnifique et terrifiante, qui tenait de Lady Macbeth, de Sarah Bernhardt et de Folcoche réunies, mère indigne et ravageuse, dix fois mariée pour l'argent, bouffeuse de pilules et d'alexandrins devant l'Éternel, qu'elle narguait en grimaçant, accrochée à ses titres de gloire et à son public comme le lierre aux ruines d'un château. Ce n'était plus *Colombe*, c'était *Mme Alexandra*. Ou l'art de dire « Marde ! » à la mort.

Suzanne Flon se souvient qu'en scène, dans *On ne badine pas avec l'amour*, pour mieux regarder jouer Gérard Philipe, elle se négligeait. Et Geneviève Page n'a jamais oublié *Les Caprices de Marianne* : « Il attendait que le texte arrive plutôt que de se le mettre mécaniquement en tête. Mais toujours les dix dernières phrases de la pièce le faisaient trébucher. Je le sentais qui attendait ces phrases, sans impatience, perdu dans son émotion, et elles lui montaient si naturellement aux lèvres, elles allaient si directement de son cœur à ses lèvres que pas un soir elles ne sont venues sans me surprendre, me bouleverser et, chaque soir, me faire pleurer sur Octave, avec Octave. »

Cette ultime réplique, Anne-Marie la connaît par cœur : « Adieu la gaieté de ma jeunesse, l'insouciante folie, la vie libre et joyeuse au pied du Vésuve, adieu les longs repas, les causeries du soir, les sérénades sous les balcons dorés, adieu l'amour et l'amitié, ma place est vide sur la terre. »

Désormais, je vais moins au théâtre. Je m'en préserve comme d'une personne que l'on a trop aimée, dont on a trop souffert. Il faut être jeune, sans regrets ni remords, pour s'y brûler. Moi, je m'éloigne doucement du feu. Je suis devenu un mauvais spectateur comme il y a, incapables de s'abandonner, trop raides, pas assez joueurs ni généreux, de mauvais lecteurs.

Je ne sais plus voir un décor sans imaginer son envers. Si je ne tiens pas en place, c'est que mon esprit erre là-bas, dans les coulisses, et sacrifie à son obscur cérémonial. J'ai le trac pour des comédiens que je ne connais pas et que je comprends si bien. J'entends battre, comme d'inquiétantes souffleries, leur cœur derrière le grand rideau. Un raté, un trou de mémoire, une chaise renversée par mégarde, un visage qui se dérobe à la lumière, échappe à la poursuite, une voix cassée, une inimitié privée que la situation dramatique amplifie, une soirée qui ne prend *pas, des fauteuils qui claquent, d'imperturbables saluts accueillis par un clapotis de mer tiède et molle, tout cela me bouleverse au-delà de la raison, tout cela m'atteint. Le théâtre, qui offre des trompe-l'œil à des rêveurs, des illusions aux désenchantés, une revanche au réel, n'admet pas les sceptiques de mon espèce. C'est un prestidigitateur triste à qui ne reste, une fois qu'on a éventé ses tours de magie, que la virtuosité et l'abattage.*

Et puis j'ai déjà l'âge où les pièces qu'on revoit n'auront plus jamais la grandeur ni l'éclat des pièces qu'on a vues, où l'on traque en vain ses émotions, ses commotions d'autrefois, on est injuste, on le sait, mais rien n'y fait, la Folle de Chaillot *a le masque carnavalesque d'Edwige Feuillère, la Winnie de* Oh les beaux jours *la peau parcheminée de Madeleine Renaud,* la Célestine *la voix en relief de Jeanne Moreau,* Richard III, *la folie de Robert Hirsch, Ysé et Prouhèze, l'incandescente mélancolie de Ludmila Mikaël,* Orlando, *la fantomatique gestuelle d'Isabelle Huppert, et notre* Lorenzaccio, *la fièvre animale de Jean-Luc Boutté.*

(Un visage busqué, d'une élégance impénétrable ; sous les boucles noires, des yeux très clairs, vert céladon ; un port de prince italien, de condottiere, une gravité de jeune prélat stendhalien. Agenouillée devant la dépouille de ce chevalier mort de lui avoir été infidèle, Isabelle Adjani, alors adorable ingénue, psalmodiait des rêves évanouis : « Quel est ce beau jeune homme ? Qu'il me plaît ! Comme je l'aurais aimé ! » C'était en 1974, dans Ondine. *À partir de*

cette date, j'ai guetté dans la salle Richelieu les apparitions de Jean-Luc Boutté. Il ajoutait une ombrageuse fierté à tous ses personnages d'élection, Alexandre de Médicis, de Cize, Néron ou le chevalier de Ripafratta. Après avoir joué Sigismond dans La vie est un songe, *la sienne devint un cauchemar. Atteint, à trente-cinq ans, par la maladie de Hodgkin, perdant jusqu'à l'usage de ses jambes, il continua néanmoins d'arpenter la scène, arc-boutant sur deux cannes son corps brisé, étayant à chaque pas une douleur muette, une insolente bravoure. Il faut l'avoir vu, en 1992, à la fin du* Bal masqué *de Lermontov, apostropher le Ciel cruel de son fauteuil roulant pour mesurer la grandeur de ce comédien qui mit sa souffrance au service de son art tout en feignant de n'être, sous la grimace, qu'un professionnel de l'illusion. Pendant sa courte vie, Jean-Luc Boutté se refusa au cinéma, il ne se consacra qu'au génie de l'éphémère, et cela rend plus magnifique encore son destin de tragédien. Il a tout donné, il n'en demeure rien, tandis que s'éloigne depuis huit ans le ressac des derniers applaudissements. C'est peut-être cela que je suis venu longtemps chercher au théâtre et que je ne trouve nulle part ailleurs : le spectacle du monde réel où parlent et marchent encore, même sur des béquilles, ceux qui l'ont quitté.)*

Aujourd'hui, ce n'est pas le nouveau Hans von Wittenstein zu Wittenstein ou la fraîche Agnès que je méjuge, c'est moi-même que je regrette, c'est ma ferveur juvénile dont je dois soudain faire le deuil.

Vingt ans après, les rôles qu'Anne-Marie a joués me semblent volés par celles qui les interprètent ; plus elles brillent, plus je souffre de ce que je vis comme une usurpation. J'ai été le compagnon de la grâce, je découvre avec effroi qu'elle ne m'appartient pas et qu'elle porte, désormais, d'autres prénoms sur d'autres scènes, dans l'ombre desquelles veillent de juvéniles amoureux.

C'est peut-être ce qui nous sépare le plus, elle et moi, et nous rend si complémentaires. Ce passé qui m'obsède, me fascine et parfois me paralyse, qui donne à ma vie des teintes automnales, mordorées, rousses et amères, Anne-Marie, sans se forcer, le bat froid. Je le cultive, elle s'en méfie comme d'un danger imminent. Je m'y complais, elle s'en dégage. Je lui demande des comptes, elle lui impose le silence. Je lui attribue des vertus, elle lui trouve des vices. Je m'y cherche, elle s'y oublie.

Je l'ai vue ainsi quitter, sans se retourner ni exprimer le moindre regret, des maisons qu'elle avait restaurées de ses propres mains, des jardins qu'elle avait inventés, des espaces qu'elle avait augmentés, des ciels qu'elle avait tutoyés, et boucler ses valises pour une promesse de bonheur qu'elle jugeait exclusive et dont elle voulait croire qu'elle serait pérenne. Ces vieilles pierres blanches de Fauguernon sur lesquelles, le jour du départ, alors que tombaient dans le silence de gros flocons de neige, notre fils Gabriel déposait discrètement un dernier baiser, comme on embrasserait avec gratitude le front froid d'une morte auprès de qui l'on a grandi, soudain elle ne les aimait plus, ou plutôt elle faisait mine d'y être indifférente, de s'en débarrasser. Je m'alourdis dans la nostalgie, elle s'allège dans l'avenir et scrute les astres. Je vieillis, elle rajeunit. Je suis faible, elle est forte comme un arbre plein de sève au printemps.

Plus jamais elle ne se promènera dans ses vignes de Ramatuelle au coucher du soleil, ni dans ma plaine de Bray plantée de hauts maïs où nous nous promettions d'être heureux et solides. Ses amis d'autrefois, ses camarades de tournée, ses compagnes de loge, elle s'en est séparée un jour, elle émigrait, elle ne faisait que passer, entre deux exils, salut la compagnie ! Sa propre jeunesse lui semble exotique, elle la regarde de loin, de haut, sans tremblements, avec une curiosité amusée, étonnée. Peut-être demain ne s'encombrera-t-elle plus de ce qui fonde son bonheur d'aujourd'hui. Je la sais capable de tous les renoncements, de tous les recommencements.

Il faut beaucoup de cran pour tenir tête à son passé, à ses attendrissements, à ce qu'on a été qui ne reviendra pas. C'est une qualité que je ne possède pas, que j'envie chez elle et qui ne laisse pas de me surprendre. C'est aussi un rôle de composition où elle excelle, seule en scène, droite et fière, face au public, inébranlable. Parfois, le personnage vacille, mais vite l'emploi l'emporte sur la nature. Elle tient de son père cette faculté d'être portée devant, de se négliger non par humilité mais par ambition, de ne pas gâcher son temps à se souvenir, d'édifier chaque jour de nouveaux palais imaginaires. Elle prolonge, à sa façon, la jeunesse opiniâtre de celui qui, même sur son lit de mort, refusait d'abdiquer, repoussait à plus tard, à jamais, la réfection de sa mémoire, les rangements intimes, le classement des convictions couronnées et des illusions perdues.

D'ailleurs, à la maison, quand le passé surgit, c'est à l'improviste. Il sonne deux fois, tel un vieux voisin. La semaine dernière, la télévision a diffusé, à quelques jours d'intervalle, Fanfan la Tulipe *et* Le mal court, *le film de Christian-Jaque et la pièce d'Audiberti où Georges Vitaly, qui jadis dirigea Maria Casarès et Gérard Philipe dans* Les Épiphanies, *avait confié à Anne-Marie le rôle d'Alarica de Courtelande.*

Fanfan, le joli cœur sans un sou, et Alarica, la petite princesse désargentée, sont parmi les plus éclatantes figures que je connaisse de l'innocence, quand elle est plus forte que les politiques, plus rouée que les stratèges, plus sauvage qu'un renard, plus puissante que les puissants, et quand elle ne sait pas combien elle est désirable. Les comédiens ont l'âge des rôles qui les récompensent de la vie et nous dédommagent de celle qu'on ne connaîtra jamais.

Sur le petit écran, Anne-Marie a regardé son père avec des yeux d'enfant, elle s'est jugée avec des yeux d'adulte, je l'ai observée avec des yeux d'amant. Pas l'once, chez elle, d'une quelconque nostalgie. (Ce soir-là, je conservai pour moi le souvenir de l'hiver 1980 où nous avions retrouvé Georges Vitaly dans sa maison de Bretagne, ils annotaient tous deux passionnément la pièce d'Audiberti, Georges demandait à Anne-Marie d'être « une sauvageonne éprise d'absolu », elle riait, il commandait, ils se donnaient la réplique, dehors le vent soufflait sur la lande, la vieille charpente tremblait, on se serait cru au royaume négligé de Courtelande ou bien sur ce minuscule plateau de la Huchette que, à la fin des années quarante, Vitaly avait concédé au rêve.) La scène où elle se dénude, où elle montre au roi d'Occident ses deux seins ronds et fermes, ses « rossignols de neige », ses « écureuils dorés », Palpito et Gorgino, me fit tressaillir. J'avais oublié son insolente beauté.

Miracle de la télévision qui, à pas d'heure, abolit le temps et réunit ceux que le destin a séparés : sous mes yeux, Alarica devenait la sœur de Fanfan. La même grâce frondeuse, la même âme pure, le même sourire angélique, et cette même manière d'ignorer, ou de s'appliquer à ignorer, qu'on a du charme, de l'esprit, de la classe, et encore ses dents de lait pour dévorer le monde sans lui faire de mal.

POSTFACE

J'écris ces lignes face à notre colline coiffée de hauts bois où, sous un ciel laiteux, courent à découvert dans les brûlis deux chevreuils et un renard pendant que tu tournes, au Cambodge, avec Bertrand Tavernier. J'écris mieux dans l'absence et le manque, j'ai l'impression de les combler. Cela me rappelle l'époque où je glissais des petits mots derrière le miroir de ta loge de théâtre. Ils exprimaient ce que je n'arrivais pas à dire. Parler me coûte toujours, le papier m'affranchit de plus en plus.

Cette fois, la distance et le temps nous séparent. Je suis dans l'hiver et le gris, tu es dans la canicule et la moiteur. Mon matin est ton soir. Lorsque je galope dans la forêt fauve toute froissée de feuilles mortes, je sais que tu dors sous une moustiquaire, et il me semble te veiller, te bercer au rythme à trois temps de l'allure basculante, chaloupée, qui mène au pays des ombres.

Je te donne des nouvelles de Danseur au téléphone. Pour la première fois, il supporte ton long éloignement avec une sagesse teintée de mélancolie et m'évoque, quand il piaffe sur la paille en relevant sa vaniteuse encolure, le mot si juste d'Henri Thomas : « On ne tombe pas dans la solitude, parfois on y monte. » Cathy et Marie ont collé sur le volet de son box des cartes postales que tu as envoyées de Phnom Penh. Un clin d'œil, au sens propre.

Tu me dis que le tournage du film est en état de grâce, que la chaleur ne te gêne pas, que les rues sont larges et bordées de frangipaniers, de papayers, de bananiers, que l'eau du Mékong est marron, que la misère est digne, qu'un vent de folie et de jeunesse souffle sur les marchés, que tu es seule mais jamais isolée, que l'on répond partout à tes sourires, que tu achètes des sacs, des chemises, des pantalons, et tu ajoutes : « Je me sens si heureuse, si sereine. » Tu es métamorphosée. Ce bonheur, tu l'as voulu et construit ; cette paix avec toi-même, comme tu l'as méritée.

Il y a des moments où tout ce qui était noué semble se démêler. L'esprit s'allège des tourments encombrants. Le corps se cicatrise. La vie est un cheval : après des années d'efforts, de persévérance, sans prévenir, alors qu'on ne s'y attendait plus, elle donne ce que l'on a su lui demander, elle nous récompense des efforts déployés, elle est belle comme un appuyer au passage sur un pizzicato de Scarlatti. Tu n'as jamais été plus écuyère, comédienne et fille de ton père qu'en cet automne indien dont la lumière est dorée et la température, si indulgente.

La veille de ton départ pour le Cambodge, où t'attendaient, toi la mère comblée, le rôle d'une adoptante et l'impérieux désir d'avoir un enfant, tu te promenais encore dans la galerie Mazarine de la Bibliothèque nationale de France transformée, à ta demande, en musée intime. Cette exposition sur Gérard Philipe, et tout ce qui allait avec : la rétrospective de ses films, les livres en noir et blanc, les disques qui restituent cette voix nasillarde et vibrée de ténor pincé, les lectures publiques sous une tente, les émissions de télévision, tu y travaillais depuis longtemps. Treize années après la mort d'Anne, tu *militais* soudain pour le devoir de mémoire. Jamais je n'aurais imaginé que tu te consacrerais avec une telle ardeur à l'homme dont le prestige avait tant pesé sur ton destin et dont, sans oser te l'avouer, tu n'avais jamais accepté qu'il t'eût laissée seule, si jeune, et projetée dans le vide. En cessant de lui en vouloir, en refusant aujourd'hui que l'on oublie ton père, c'est comme si tu souhaitais qu'il se souvînt de toi, mais aussi lui montrer que tu avais grandi, mûri, embelli, afin de lui être fidèle.

Un soir, tu as même eu la surprenante idée de

poser devant la grande affiche qui représente Gérard dans *Les Épiphanies*, pour une photo-souvenir, avec nos trois enfants accroupis comme des joueurs de foot : j'aurais juré que, pas peu fière, un rien narquoise, tu les présentais à celui dont, maintenant, tu es devenue sans vieillir l'aînée de dix ans. Voici Clément, Jeanne et Gabriel — Gabriel qui te ressemble, n'est-ce pas ?

Car il y avait, derrière cette rétrospective publique, un rendez-vous secret entre vous deux. Je n'oublierai jamais la manière dont, habillée de noir, tu te promenais sous les lambris de ce majestueux cénotaphe. Tu caressais d'un doigt étonné les costumes à la taille si fine dessinés par Léon Gischia, le bleu du *Cid*, le blanc de *Hombourg*, le noir et rouge de *Lorenzaccio*, dont le temps n'avait pas flétri l'exquis velouté, ni l'ample bouffant des épaules ni les brillantes broderies. Tu relisais ses lettres à l'écriture pressée, à l'impatiente ponctuation, et ses fiches de lecture, celle par exemple du *Mariage forcé*, de Molière, avec cette mention datée de décembre 1953 : « Sganarelle pour moi dans vingt ans. » Sganarelle au ciel.

(Tu viens de faire encadrer, pour l'accrocher à l'entrée de la maison, cette lettre adressée, le jour de ta naissance, par René Clair à Gérard Philipe, et que tu as retrouvée avec une émotion presque fébrile dans un vieux dossier. « Paris, le 21 décembre 1954. Cher Gérard, le

21 décembre de l'an 2000, la petite fille qui vient de naître aujourd'hui sera sans doute une maman encore jeune. Si, par un hasard extravagant, cette feuille de papier n'a pas, à cette époque, disparu aussi complètement que moi-même, je voudrais qu'elle y trouve les souhaits de bonheur que je forme pour toute sa vie et une marque de la profonde affection qui me lie à ses parents. Je vous embrasse tous les trois, René Clair. »)

J'aime ton regard sur le temps que le temps te donne. Et cette façon si naturelle que tu as désormais de parler au nom de ton père. Comme le soir où, dans un studio improvisé au rez-de-chaussée de la Bibliothèque nationale, tu as raconté les aventures du TNP avec Suzanne Flon, Geneviève Page et Christiane Minazzoli — vous plaisantiez toutes les quatre avec des fous rires de jeunes comédiennes à peine sorties du Conservatoire qui se disputeraient encore les faveurs acidulées du beau Perdican.

Tu n'avais jamais été aussi volubile. « Énoncer signifie produire », écrivait Mallarmé. Les mots sont des actes. Ils *engagent*. Cette exposition, par laquelle tu restituais un mythe à ses fervents, qui t'en savaient gré, signait la fin du long silence dont tu avais été l'héritière malgré toi. Petite, alors que les photographes te chassaient dans les allées du Luxembourg et qu'on t'avait enseigné à te cacher derrière les arbres, à fuir, sans cesse fuir, à te méfier des gens, à voir le mal partout — *le mal court* —, tu te réfugiais dans l'appartement mal éclairé de la rue de Tournon et demandais à ta mère pourquoi elle pleurait, où était ton papa, et s'il allait revenir. Elle ne te répondait pas. Jamais elle n'a pu te dire qu'il était mort. Elle gardait le mot terrible pour elle, jalousement. Voici pourquoi tu répètes volontiers que, à six ans, tu étais vieille. Galerie Mazarine, sous ton sourire d'hôte, tu réglais donc une dernière fois tes comptes avec une mère qui avait érigé le non-dit en principe et fait du devoir de réserve une fatalité raffinée. Toi, par exemple, tu sauvais de l'oubli ou du mépris dans lequel des intellectuels l'avaient confinée ta chère grand-mère, la belle, la noire Minou, que tu allais voir autrefois en cachette et en compagnie de laquelle, ajoutant avec volupté un interdit à un autre, tu te peignais les ongles en carmin et fumais tes premières cigarettes. Désormais, il n'y avait plus de faux mystères, et sur les bornes audiovisuelles disposées tout au long de l'exposition, tu regardais passer, avec un émerveillement enfantin, les films amateurs de ton lointain passé, Ramatuelle et sa vieille Ford essoufflée en route vers la plage, Cergy et sa murmurante brume d'eau, Paris et son glacial carrelage noir et blanc...

Oui, ce qui était caché, tu le montrais. Ce qui

était dissimulé, tu l'éclairais. Ce qui était privé, tu l'exhibais. Il n'y avait rien d'impudique dans cette démarche, au contraire. En vertu du principe selon lequel la vie de Gérard Philipe, éternel amant français, appartient à ceux qui l'ont aimé, et aussi à ceux qui *l'auraient* aimé, tu créais un immense espace de confidence, de connivence, pour rallier, à voix basse, les femmes et les hommes qu'anime la même foi. Comme toi, ils croient en effet à un monde meilleur, à l'art qui élève, à la poésie qui rassemble, à la fidélité, à la morale qui est au-dessus de la morale, ils ne seront jamais des apostats et, sous l'affiche de *Ruy Blas*, continuent de penser ce que Jean Vilar écrivait, dans son inimitable prose de régisseur : « Tu n'es pas pour moi que Rodrigue ou Hombourg ou Lorenzo. Tu es le seul comédien de la jeune génération d'après-guerre qui ait compris sentimentalement le problème populaire. » En le rendant à la scène publique et en découvrant combien il était encore adulé, respecté, tu te le réappropriais aussi.

Dans le catalogue qui accompagnait l'exposition, tu as écrit ces mots, je n'ai pas besoin de les relire, ils sont gravés dans ma mémoire : « À ce père inconnu de moi seule, et pour mieux le connaître, et pour mieux me reconnaître, j'ai fini par dire je t'aime. » C'est le « j'ai fini » qui me bouleverse. Au terme d'une résistance épuisante et vaine, il résonne comme l'ultime capitulation d'un cœur qui ne demandait qu'à battre. Cela s'appelle la réconciliation. On ne badine pas avec l'amour d'une fille.

Ce n'est pas un hasard si, le jour où s'ouvrait l'exposition de la Bibliothèque nationale, sortaient tes premiers albums dont Danseur est le héros. Ce cheval n'a pas seulement changé ta vie, qui tourne obstinément autour de lui, il a aussi porté, sur ses épaules rondes et musclées, ta mémoire trop lourde, il t'a soulagée de bien des colères inutiles. Depuis la disparition de ta mère, tu portes les cheveux courts ; depuis l'apparition du bel hongre blanc, tu as le dos droit et tu te regardes en souriant dans *son* miroir.

Lorsque tu as écrit le premier de ces contes, où l'orage éclate dans la prairie du bonheur, où une lanière de feu descendue du ciel noir lacère le pommier, et le petit Danseur « voit l'arbre tomber, et il voit sa maman tomber, et il sait qu'elle est morte », et sa solitude est insupportable, et l'effroi est universel, tu pleurais sur le papier toutes les larmes que, depuis très longtemps, ton corps avait retenues. Les histoires qui suivent, et que je relis ce soir au coin du feu pendant que les caméras fixent à Phnom Penh ton visage botticellien, *Danseur se fâche*, *Danseur et son amie*, *Danseur à l'école*, ressemblent à ta jeunesse effrontée, éplorée et cassante. Ce lusitanien orphelin qui s'invente une nouvelle famille, une parentèle idéale au club hippique de la Haie fleurie, se cabre au moindre commandement, n'accepte sur son dos que le poids plume de Josépha, crâne dans la carrière en évoquant ses illustres ancêtres qui toréaient à Lisbonne et dansaient à Versailles devant Louis XIV, refuse d'être enfermé dans un box obscur, rêve de grands espaces et de liberté, raille les autres chevaux, bouscule ses rivaux, dissimule sous des airs insolents son trop-plein de tendresse, veut être le meilleur, le plus beau, et surtout qu'on l'aime, c'était toi. Toi qui ruais dans les brancards à l'école Alsacienne et au lycée Fénelon, à la fac de biologie et dans le cours d'art dramatique Périmony, chez Voutsinas et chez Brook, qui narguais les interdits, les institutions, ta mère et ton nom. Toi qui ignorais que tu étais une fille bien. Il t'en a fallu, du temps, pour apprendre à être plus tolérante avec toi-même ; il en faudra aussi à ton joli double de papier pour savoir s'aimer.

Le vrai Danseur t'a offert de te raconter sans te confesser et t'a récompensée, car tu fais dorénavant rêver les enfants-cavaliers comme, autrefois, nous écoutions ton père lire *Pierre et le loup* sur la musique menaçante de Prokofiev, incarner *Le Petit Prince* sur les violons énigmatiques de Maurice Leroux, ou réveiller avec Vivaldi *La Belle au bois dormant*. Maintenant, lorsque des curieux me demandent de quel signe tu es, je réponds : Sagittaire, ascendant Danseur.

Le rideau tombait à la fin de *Théâtre intime*.

Il manquait une perspective cavalière, une ligne de fuite : avec cette exposition, ces albums, ce tournage au Cambodge, je les ai trouvées, ou plutôt tu me les as dessinées avec cet aplomb qui me ravit. Et comme un bonheur ne vient jamais seul, dont décidément les livres dans lesquels on n'a pas triché sont les agents secrets, j'ai reçu par courrier ce que je n'osais espérer : postées de Suisse, des lettres de mon père.

Je lui reprochais de n'avoir rien laissé dans ses papiers personnels, dans son bureau d'éditeur, qui m'évoquât l'homme. « Je voulais des preuves », avais-je écrit. « Les voici », m'a aussitôt répondu, après m'avoir lu, François M., un médecin lausannois, aujourd'hui à la retraite, qui avait été l'élève de mon grand-père, dont il suivait les démonstrations cliniques et les leçons humanistes à la Salpêtrière, avant de devenir l'ami de mon père. C'était dans les années cinquante. Il y a un demi-siècle. « Je l'ai assez fréquenté, ajoutait François M., pour savoir combien il était pudique sous sa froide politesse. Mais il se trouve que Philippe avait trouvé chez ma mère un interlocuteur selon son cœur : ils ont entretenu une correspondance assez abondante où l'adolescent, le normalien puis le militaire se livrait sans trop de réserve. »

Je feuillette cette grosse liasse qui n'a même pas jauni, où gambade sa gracile écriture. J'ai la troublante impression de voir défiler, au ralenti et dans des teintes bleutées, le film du passé d'avant mon passé. Elle me montre en gros plan un jeune homme de vingt ans qui aime plaire, séduire, briller. Il a beaucoup lu. Il est impatient de vivre. Il est intransigeant. Il a le goût de la formule qui cingle, de l'apophtegme désabusé et de la mélancolie guindée. À François M., déçu d'arriver deuxième à une compétition de ski, mon père répond : « Je souhaite à tes déceptions de n'avoir jamais plus d'épaisseur. »

À Paris, rien ne trouve vraiment grâce à ses yeux. Il n'aime guère ses contemporains. Il confie à son ami helvétique et à sa mère l'étendue de son désenchantement. Cela ne va pas sans précoce vanité ni jugements à l'emporte-pièce. Il est atterré par *Les Chemins de la liberté*, où il voit l'« apothéose de la littérature phonographique » et « cette absence de style qui ne sait pas être un vrai style de l'absence ». Et, après avoir assisté à une conférence de Caillois : « Ce qu'il dit est d'ordinaire assez vain ; seule sa façon de le dire est parfaitement remarquable. » Toujours, de lettre en lettre, cette insolence calculée, cette dérision méthodique, ces étincelantes bravades. Et l'art de se confier sans jamais s'épancher. À la mère de François M., il prend plaisir à raconter cette histoire vraie que Jean Cocteau tenait d'Anatole France : un homme va à la guillotine sous la Révolution française, son Sophocle à la main. Lorsque vient son tour, méticuleusement il corne la page et puis monte à l'échafaud. Dans cette pose-là, dans cette manière de narguer la mort sans quitter sa lecture, dans cette illusion d'une intelligence plus forte que le bourreau, il y a beaucoup du khâgneux de la rue de Bourgogne tel, du moins, que je me l'imagine.

Avec une stupéfaction émue, je découvre dans ces lettres que, trente ans avant mon expérience de la Base aérienne 104, mon père, jeune aspirant du train dans une petite ville du Wurtemberg, avait trouvé lui aussi du réconfort et un soutien logistique dans la correspondance de Stendhal, dont il fait ce saisissant portrait : « Il me fait penser à ce personnage du XIXe siècle qui, s'étant vu reprocher de n'avoir point paru à une soirée où l'on pouvait surprendre Talleyrand conversant avec le prince de Galles, répondit froidement : "Pour moi, monsieur, cela ne fait jamais qu'un homme en bleu à côté d'un homme en rouge." » Et avant de quitter la caserne et l'Allemagne, il prit soin de traduire à l'intention de ses voisins de chambrée le mot sans appel que Lautrec avait lancé à la face de son oncle après s'être brouillé avec lui : « Monsieur, je ne veux plus avoir avec vous que des relations d'enterrement. »

Évidemment, la lettre qui m'émeut le plus est datée du 1er novembre 1955. Mon père a vingt-sept ans et il est amoureux. Chacune de ses lignes produit le son éclatant d'une trompette : « J'épouse une fille fleur de Giraudoux, qui me raconte d'extraordinaires histoires, donne à ma vie la part de songe qui m'est nécessaire, connaît le nom de toutes les fleurs et de tous les arbres, sait enfin être à la fois ma fièvre et mon repos. Françoise Launay a vingt-quatre ans, elle grave (burin, eau-forte), joue du piano, aime Eluard et Michaux, danse et chante. Nous nous marions le 22 décembre, à Saint-Thomas-d'Aquin, puis partons pour Rome. Comme vous l'aimerez ! »

Je suis donc l'enfant d'une fille fleur de Giraudoux cueillie au cœur de l'hiver par un garçon stendhalien.

Un an plus tard, nous naissons, Olivier et moi. Nous sommes, dans une des dernières lettres de mon père, « leurs petits baigneurs ». L'eau savonneuse est si douce, si tiède, où une femme et un homme qui s'aiment lavent leurs jumeaux gazouillants, leurs petits inséparables que le destin va si vite séparer.

Sur le papier longtemps conservé, il y a encore, séchée au buvard, la trace d'une éclaboussure.

DU MÊME AUTEUR

Roman

C'ÉTAIT TOUS LES JOURS TEMPÊTE, Gallimard, 2001 (Prix Maurice Genevoix) (Folio, n° 3737)

Récits

LA CHUTE DE CHEVAL, Gallimard, 1998 (Prix Roger Nimier) (Folio, n° 3335)

BARBARA, CLAIRE DE NUIT, La Martinière, 1999 (Folio, n° 3653)

THÉÂTRE INTIME, Gallimard, 2003 (Prix essai France-Télévision) (Folio, n° 4028)

Essais

POUR JEAN PRÉVOST, Gallimard, 1994 (Prix Médicis Essai ; Grand Prix de l'essai de la Société des Gens de Lettres) (Folio, n° 3257)

LITTÉRATURE VAGABONDE, Flammarion, 1995 (Pocket, n° 10533).

PERSPECTIVES CAVALIÈRES, Gallimard, 2003 (Prix Pégase) (Folio, n° 3822)

Dialogues

ENTRETIENS AVEC JACQUES CHESSEX, La Différence, 1979.

SI J'OSE DIRE, ENTRETIENS AVEC PASCAL LAINÉ, Mercure de France, 1982.

L'ÉCOLE BUISSONNIÈRE, ENTRETIENS AVEC ANDRÉ DHOTEL, Pierre Horay, 1983.

DE MONTMARTRE À MONTPARNASSE, ENTRETIENS AVEC GEORGES CHARENSOL, François Bourin, 1990.

En collaboration

DICTIONNAIRE DE LA LITTÉRATURE FRANÇAISE CONTEMPORAINE, François Bourin, 1988. Édition augmentée, Mille et une nuits, 2004.

Composition Bussière.
Impression Société Nouvelle Firmin-Didot
à Mesnil-sur-l'Estrée, le 20 avril 2004.
Dépôt légal : avril 2004.
Numéro d'imprimeur : 67969.
ISBN 2-07-031338-7/Imprimé en France.

127279